Les Autres Dieux

ŒUVRES PRINCIPALES

L'affaire Charles Dexter Ward
La couleur tombée du ciel
Dans l'abîme du temps
Par-delà le mur du sommeil
Je suis d'ailleurs
Dagon
Démons et merveilles
Épouvante et surnaturel
En littérature
L'horreur dans le musée
Night Ocean
Le rôdeur devant le seuil

Howard P. Lovecraft

Les Autres Dieux

D'après la traduction de Paule Pérez

Librio

Texte intégral

HERBERT WEST, RÉANIMATEUR

I

De Herbert West, qui fut mon ami à l'université comme à la ville, je ne puis parler sans une irrépressible terreur. Cela est dû davantage au travail étrange auquel il avait consacré sa vie qu'à la manière sinistre dont il a disparu voici peu de temps.

Ses recherches ont commencé il y a plus de dix-sept ans, alors que nous étions tous deux élèves de troisième année de médecine à l'université de Miskatonic, à Arkham. Tant que nous étions ensemble, ses expériences diaboliques me fascinaient ; or, j'étais son plus proche compagnon.

Aujourd'hui il est mort et le charme maléfique est rompu. Ma frayeur n'en est que plus grande. Les souvenirs ont toujours quelque chose de plus inquiétant que la réalité.

Le premier incident qui survint pendant notre amitié fut le plus grand choc que je ressentis jamais et c'est à contrecœur que je le raconte.

West, au cours de nos études, s'était déjà signalé par son étrange théorie sur la nature de la mort. Celle-ci, selon lui, pouvait être vaincue artificiellement.

Sa pensée, tournée en dérision par nos professeurs et nos condisciples, reposait sur le caractère essentiellement mécanique de la vie. Il voulait agir sur la machine organique de l'homme par une action chimique appliquée après l'arrêt des processus naturels.

Au cours de ses expériences sur des êtres animés, il avait tué un nombre incroyable de lapins, de cobayes, de chats, de chiens et de singes. Il représentait, pour l'université, un véritable fléau. A plusieurs reprises, il était parvenu à observer des signes de vie sur des animaux prétendus morts. Des signes faibles et parfois des signes intenses.

Mais il dut bientôt s'avouer que le perfectionnement de ses procédés exigerait une vie entière de recherches.

Puis il s'aperçut que le même traitement agissait différemment sur des espèces vivantes distinctes. Pour aller de l'avant et progresser, il lui fallait trouver des sujets humains. C'est là que, pour la première fois, il se heurta ouvertement aux autorités de l'université. Ce fut le doyen de la faculté de médecine en personne, le généreux et savant Dr Allan Halsey, dont les travaux en faveur des paralytiques sont célèbres, qui lui interdit la poursuite de ses expériences. J'avais toujours montré une tolérance exceptionnelle envers les recherches de mon ami, et nous discutions souvent de ses théories, dont les ramifications et les corollaires étaient presque infinis.

Je partageais son avis, selon lequel toute vie est un processus chimique et physique, la prétendue «âme» étant un mythe. Mon ami croyait que la réanimation artificielle d'un mort ne dépendait que de l'état des tissus, et que, à moins que la décomposition n'ait déjà commencé son œuvre, un cadavre pourvu de tous ses organes pouvait, grâce à des mesures appropriées, être réintégré dans ce curieux processus qu'on appelle la vie. West se rendait parfaitement compte que la vie physique ou intellectuelle pourrait alors être affectée par une légère détérioration des cellules du cerveau, extrêmement sensible, due même à une brève période de mort.

Au début il avait espéré découvrir un élément qui rendrait la vitalité avant la mort effective, et seuls ses échecs répétés sur les animaux lui avaient démontré que les mouvements de la vie naturelle étaient incompatibles avec ceux de la vie artificielle.

Il se mit alors à rechercher des spécimens extrêmement frais, injectant ses solutions immédiatement après l'extinction de la vie. C'est ce détail qui rendit les professeurs sceptiques, car ils pensaient que la mort véritable ne s'était pas produite. Ils ne s'attardèrent pas à examiner le problème d'une manière plus rationnelle. Ce fut peu de temps après que les professeurs lui eurent interdit ses travaux que West me confia sa résolution de se procurer des corps frais par différents moyens pour continuer en secret ses expériences.

L'entendre discuter des « différents moyens » était assez effrayant, car à l'université nous ne nous étions jamais procuré de spécimens anatomiques par nous-mêmes. Chaque fois que la morgue ne pouvait répondre à la demande, deux Noirs se chargeaient de l'affaire, et on les interrogeait rarement.

West était alors un jeune homme petit et mince, aux traits délicats, portant lunettes, aux cheveux blonds, aux pâles yeux bleus et à la voix douce, et il était étrange de l'entendre discuter des mérites respectifs du cimetière de Christ Church et de la fosse commune, parce que pratiquement tous les corps de Christ Church étaient embaumés, ce qui compromettait ses recherches. A cette époque, j'étais son assistant actif et enthousiaste, je l'aidais à prendre toutes ses décisions, non seulement en ce qui concernait notre approvisionnement en corps, mais aussi pour trouver un endroit convenant à notre macabre besogne. Ce fut moi qui pensai à la ferme déserte des Chapman, derrière Meadow Hill, où nous installâmes au rez-de-chaussée une salle d'opération et un laboratoire pourvus de rideaux sombres pour dissimuler nos activités nocturnes.

Nous avions pris d'infinies précautions pour que d'éventuels promeneurs ne pussent apercevoir quelque lueur insolite. La moindre imprudence nous eût conduits à la catastrophe.

Si l'on nous découvrait, nous étions convenus de dire que nous avions installé là un laboratoire chimique. Peu à peu, nous équipâmes notre refuge scientifique avec du matériel acheté à Boston, ou subrepticement emprunté à l'université. Nous nous procurâmes également quelques pelles et pioches, pour les nombreux enterrements que nous allions avoir à faire dans la cave. A la faculté, on utilisait de coutume un incinérateur, mais cet appareil nous eût coûté trop cher. La présence des cadavres était un problème constant, même lorsqu'il s'agissait de ceux des petits cobayes utilisés par West dans sa chambre à la cité universitaire. Tels des vampires, nous étions à l'affût du moindre décès, et surveillions sans cesse la chronique nécrologique locale. Nous exigions de nos spécimens des qualités particulières. Il nous fallait, en effet, des cadavres enterrés aussitôt après la mort, n'ayant subi aucun traitement pour leur préservation, de préférence non atteints de malformations, et avec tous leurs organes. Nous préférions travailler, par conséquent, sur les victimes d'accidents.

De nombreuses semaines durant, nous restâmes sans sujet d'expérience convenable, malgré nos entretiens avec les autorités et le personnel hospitalier à qui nous rendions visite au nom de l'université. Car nous avions découvert que l'université avait priorité de choix si bien que nous allions devoir rester à Arkham pendant l'été, durant la période des vacances, où les cours étaient réduits.

Enfin, la chance nous sourit, car un jour nous eûmes vent d'un corps presque idéal dans la fosse commune, un jeune ouvrier vigoureux qui s'était noyé le matin précédent dans l'étang de Summer, et avait été enterré aux frais de la ville sans délai ni embaumement. Cet après-midi-là, nous allâmes voir la nouvelle tombe, et décidâmes de nous mettre au travail peu après minuit. Ce fut une tâche assez répugnante, même si, à ce moment-là, nous ne ressentions pas encore cette horreur particulière pour les cimetières que nos expériences ultérieures allaient provoquer en nous. Nous prîmes des pelles et des lanternes à huile (car si les torches électriques existaient déjà, elles n'étaient pas aussi satisfaisantes que les lampes à tungstène d'aujourd'hui). Déblayer la terre fut une tâche longue et sordide qui aurait pu être poétiquement funèbre si nous avions été des artistes et non des scientifiques. Nous fûmes contents lorsque nos pelles heurtèrent le bois. Quand le cercueil fut complètement découvert, West descendit, enleva le couvercle et sortit le corps. Je descendis également, et nous hissâmes le cadavre hors de la tombe, puis nous nous efforçâmes de rendre à l'endroit son apparence première.

Tout cela nous rendait assez nerveux, et surtout la silhouette raide et le visage vide de notre premier butin. Nous parvînmes à effacer toute trace de notre passage. Quand nous eûmes remis en place la dernière pelletée de terre, nous enfouîmes le spécimen dans un sac de toile, et nous marchâmes vers la vieille ferme, de l'autre côté de Meadow Hill.

Sur une table de dissection improvisée, à la lueur d'une puissante lampe à acétylène, il apparut que le spécimen, qui n'avait pas encore l'air d'un cadavre, avait été un jeune homme vigoureux et apparemment sans imagination, de type plébéien, aux épaules larges, aux yeux gris et aux cheveux bruns. Un animal en bonne santé, sans complications psychologiques et ayant possédé probablement la physiologie la plus simple et la plus saine. Maintenant, les yeux fermés, il paraissait dormir, mais les tests savants de mon ami ne laissèrent aucun doute sur sa mort.

Nous avions enfin ce que West avait toujours désiré : un mort de l'espèce idéale, prêt à subir l'injection de la solution préparée selon ses calculs précis et ses théories sur la vie humaine.

Nous étions très tendus. Nous savions qu'il y avait très peu de chances de succès total, et nous ne pouvions nous empêcher de craindre les effets aberrants d'une réanimation partielle. Nous étions inquiets de l'état mental de la créature et de ses éventuelles impulsions, car dans les moments qui avaient suivi la mort, quelques cellules cérébrales extrêmement délicates pouvaient s'être détériorées. Moi-même, j'avais encore de curieuses notions sur « l'âme » telle que la conçoit la tradition, et je ressentais de l'angoisse à l'idée des secrets révélés par quelqu'un qui reviendrait de la mort.

Je me demandai ce que ce jeune homme tranquille pouvait avoir vu dans les sphères inaccessibles de l'au-delà et ce qu'il pourrait raconter si on le ramenait à la vie. Par bonheur ces questions ne me préoccupèrent pas longtemps, car je partageais en grande partie le matérialisme de mon ami. Il était plus calme que moi tandis qu'il injectait une grande quantité de son liquide dans la veine du bras du cadavre et faisait immédiatement une ligature.

L'attente fut éprouvante, mais West ne faiblit pas. De temps en temps il appliquait son stéthoscope et constatait l'absence de résultat. Au bout de trois quarts d'heure sans le moindre signe de vie, il déclara, déçu, que la solution était inadéquate, mais il décida de tirer profit de cette occasion pour essayer de changer la formule avant de se débarrasser du corps. Nous avions creusé l'après-midi même une tombe dans la cave. Nous devions agir avant l'aurore. Il ne fallait commettre aucune imprudence. D'ailleurs le corps ne serait plus très frais la nuit suivante.

Emportant donc la lampe à acétylène, nous laissâmes notre hôte silencieux sur la table dans l'obscurité, et concentrâmes notre énergie à préparer une nouvelle solution. West recomposa sa mixture avec un soin presque fanatique.

L'horrible événement se produisit soudain de façon tout à fait inattendue.

J'étais en train de verser quelque chose dans un tube et West s'affairait au-dessus de la lampe à alcool qui faisait office de bec Bunsen dans cette maison dépourvue de gaz, quand, de la pièce noire que nous avions quittée, se firent entendre les cris les plus démoniaques que nous eussions jamais entendus. Le chaos de l'enfer n'aurait pas été plus épouvantable s'il avait laissé échapper l'agonie des damnés, car dans cette cacophonie inconcevable étaient réunis toute la terreur surnaturelle et le désespoir suprême d'une créature animée. Ce n'était pas humain — il n'est pas dans le pouvoir de l'homme d'émettre de tels sons —, et sans plus penser à notre activité, ni à nos éventuelles découvertes, nous bondîmes vers la fenêtre comme des bêtes traquées, renversant les tubes, la lampe et les cornues, nous ruant comme des fous dans les ténèbres de la nuit. Je pense que nous hurlions à en perdre la voix, tandis que nous courions comme des insensés vers la ville; mais en atteignant les faubourgs, nous nous maîtrisâmes suffisamment pour avoir l'air de fêtards attardés revenant péniblement d'une nuit d'orgie. Nous ne nous séparâmes pas et nous nous glissâmes dans la chambre de West, où nous restâmes à chuchoter à la lueur de la lampe à gaz, jusqu'à l'aube. Nous eûmes le temps de nous calmer un peu à l'aide de théories rationnelles et de plans de recherche, si bien que nous nous endormîmes enfin, au lever du jour, et n'assistâmes point aux cours. Mais ce soir-là, deux articles dans le journal, sans aucun lien entre eux, nous empêchèrent de trouver le sommeil. La vieille maison abandonnée des Chapman avait inexplicablement brûlé, et était réduite en cendres. Cela, nous le comprîmes parfaitement à cause de la lampe que nous avions renversée. Deuxième nouvelle: on avait essayé d'ouvrir une tombe récente dans la fosse commune, et la terre semblait avoir été labourée par des ongles, sans aucun outil.

Cela nous ne le comprîmes pas, car nous avions soigneusement égalisé la terre sur la tombe.

Dix-sept années durant, après cet événement, West regarda fréquemment par-dessus son épaule, en déclarant qu'il entendait des pas dans son dos. Aujourd'hui, il a disparu.

II

Le démon de la peste

Je n'oublierai jamais cet été horrible d'il y a seize ans, où, comme un malfaiteur fuyant du fin fond de l'Ebis, la typhoïde se répandit dans Arkham. C'est à cause de ce fléau satanique que l'on se souvient de cette année. La terreur aux ailes de chauve-souris rôda sur les amoncellements de cercueils, dans les tombes du cimetière de Christ Church.

Mais pour moi cette époque est marquée par une autre terreur, plus horrible encore, et que je suis seul à connaître maintenant que West a disparu. Lui et moi suivions les cours d'été à la faculté de médecine de l'université de Miskatonic, et mon ami avait acquis une certaine célébrité à cause de ses sinistres expériences.

Après le massacre scientifique d'innombrables petits animaux, ses recherches bizarres avaient été interrompues sur l'ordre de notre doyen, mais West avait poursuivi certaines expériences secrètes dans sa chambre. Un jour terrible et inoubliable, il avait sorti un corps de sa tombe, dans la fosse commune, pour l'emporter dans une ferme abandonnée derrière Meadow Hill. J'étais avec lui, et je le vis injecter dans les veines immobiles l'élixir qui, pensait-il, restaurerait dans une certaine mesure les processus chimiques et physiques de la vie. Cela s'était terminé d'une façon horrible, dans un délire de terreur que nous finîmes par attribuer à nos nerfs surmenés — mais West n'avait jamais pu, par la suite, se délivrer de la sensation d'être suivi et traqué.

Le corps n'était pas suffisamment frais, et l'incendie de la vieille maison nous avait empêchés de l'enterrer à nouveau. Nous aurions préféré le savoir sous terre. Après cette expérience, West avait interrompu ses travaux quelque temps.

Mais bientôt il recommença à importuner les professeurs de l'université, en insistant pour qu'on lui permît d'utiliser la salle de dissection et des spécimens humains frais pour des travaux qu'il estimait de la plus haute importance. Ses désirs ne furent pas exaucés. Le doyen Halsey ne se laissa pas fléchir et les autres professeurs l'approuvèrent.

Dans cette théorie de la réanimation, ils ne voyaient rien d'autre que les divagations d'un jeune exalté, dont la frêle silhouette, les cheveux blonds, les yeux bleus protégés par des lunettes et la voix douce ne laissaient pas soupçonner la froide et presque diabolique puissance mentale. Je le revois encore tel qu'il était, et j'en frissonne. Son visage ne donnait pas l'impression de vieillir.

Et à présent il y a eu cet accident à Sefton et West a disparu.

Il avait eu une vive altercation avec le Dr Halsey, vers la fin de notre dernière année d'études, ce qui lui avait causé plus de tort qu'au doyen. Il estimait être retardé inutilement dans un travail de la plus haute importance. Un travail qu'il poursuivrait bien entendu ultérieurement, mais qu'il désirait entreprendre tant qu'il avait encore les facilités exceptionnelles de l'université. Que les aînés, liés par les traditions, méprisent ses résultats sur les animaux, et persistent à nier toute possibilité de réanimation, cela l'écœurait.

Le jeune homme logique qu'était West n'avait pas suffisamment de maturité pour comprendre les limites mentales du type « docteur-professeur » — produit de générations de puritanisme poétique, bienveillant, consciencieux, parfois gentil et aimable, mais toujours étroit, intolérant, prisonnier des traditions et manquant d'ouverture.

West, qui était très jeune d'esprit malgré ses étonnantes connaissances scientifiques, avait peu de patience avec le bon Dr Halsey et ses érudits collègues. Il nourrissait un ressentiment grandissant, en même temps que le désir de prouver de façon éclatante et théâtrale ses théories à ces hommes respectables mais obtus. Comme la plupart des jeunes gens, il se laissait aller à des rêveries de vengeance, de triomphe, et finalement de pardon magnanime.

C'est alors que le fléau surgit, grimaçant et mortel, venu des cavernes cauchemardesques de Tartarie. West et moi avions obtenu nos diplômes quand il commença à se manifester. Mais nous étions restés aux cours d'été pour faire des travaux supplémentaires, si bien que nous étions à Arkham lorsqu'il se déchaîna sur la ville.

Bien que diplômés, nous n'avions pas encore le droit d'exercer. Cependant, on nous pria instamment de nous mettre au service de la communauté, car le nombre des cas augmentait. La situation était presque sans issue, et les morts se produisaient trop fréquemment pour permettre aux entrepreneurs de pompes funèbres de venir à bout de leur tâche. Les enterrements sans embaumement avaient lieu en toute hâte, et même le cimetière de Christ Church était bondé de cercueils de morts non embaumés. West y pensa souvent. Quelle ironie du sort! Tant de spécimens frais, et pourtant aucun qui fût utilisable pour ses recherches persécutées!... Nous étions terriblement surmenés et le gigantesque effort mental et nerveux qu'il fournissait rendait mon ami morbidement songeur.

Mais les adversaires de West n'étaient pas moins harcelés de devoirs accablants. L'université était pratiquement fermée, et tous les docteurs de la faculté de médecine étaient requis pour combattre le fléau de la typhoïde.

Le Dr Halsey, en particulier, s'était distingué par son esprit de sacrifice, mettant son habileté de praticien et toute son énergie au service de cas que beaucoup de ses confrères abandonnaient. Un mois ne s'était pas écoulé que le courageux doyen était devenu un héros, quoiqu'il semblât inconscient de sa renommée tandis qu'il luttait pour ne pas succomber à la fatigue physique et au surmenage nerveux. West ne pouvait retenir son admiration pour le courage de son ennemi, mais il n'en était que plus décidé à lui prouver la véracité de ses surprenantes doctrines. Profitant de la désorganisation de la faculté et des règlements sanitaires municipaux, il réussit, une nuit, à faire entrer clandestinement dans le laboratoire de dissection un corps fraîchement décédé, et en ma présence il lui injecta sa solution modifiée.

La « chose » *ouvrit réellement les yeux*, mais fixa seulement le plafond avec un air d'horreur à vous pétrifier l'âme, avant de retomber dans une inertie d'où rien ne put la faire sortir. West déclara que le cadavre avait été trop affecté par la chaleur de l'été. Cette fois-là, nous faillîmes nous faire prendre avant d'avoir incinéré le corps, et West envisagea de renoncer à cette audacieuse utilisation du laboratoire de la faculté.

Le point culminant de l'épidémie fut atteint en août.

West et moi étions pour ainsi dire morts, et le Dr Halsey mourut effectivement le 14. Tous les étudiants assistèrent, le 15, à ses hâtives funérailles et offrirent une gerbe impressionnante, quoique plus petite que celles des citoyens d'Arkham et des autorités de la ville. Ce fut presque une affaire publique, car le doyen avait été un bienfaiteur. Après l'enterrement, nous étions tous assez déprimés, et passâmes l'après-midi au bar de Commercial House. C'est là que West, bien que frappé par la mort de son principal adversaire, nous glaça en nous reparlant de ses fameuses théories. La plupart des étudiants rentrèrent chez eux ou se rendirent à leurs obligations tandis que le soir s'avançait. Mais West me persuada de l'aider à « passer une nuit mémorable ». Sa logeuse nous vit arriver, vers deux heures du matin, avec un troisième homme entre nous. Elle déclara à son mari que nous avions manifestement bien bu et bien mangé... Apparemment, cette mégère acariâtre avait raison, car vers trois heures du matin toute la maison fut réveillée par des cris provenant de la chambre de West, où, lorsqu'on enfonça la porte, on nous découvrit tous les deux inconscients, sur le tapis taché de sang, battus, griffés et meurtris, entourés de débris des éprouvettes et des instruments de West. Seule une fenêtre ouverte révélait ce qu'il était advenu de notre agresseur, et beaucoup se demandèrent dans quel état on allait le trouver après le fantastique saut de deux étages qu'il avait dû faire. Il y avait d'étranges vêtements dans la pièce. En reprenant conscience, West prétendit qu'ils n'appartenaient pas à l'étranger, mais qu'ils étaient des spécimens gardés pour des analyses bactériologiques sur la transmission des germes de maladies. Il donna l'ordre de les brûler aussi tôt que possible. A la police, nous déclarâmes tous deux ignorer l'identité de notre tardif compagnon. C'était, dit West nerveusement, un étranger sympathique que nous avions rencontré dans un bar. Nous nous étions bien amusés, et ni West ni moi-même ne désirions que notre compagnon eût des ennuis.

La même nuit eut lieu le second événement horrible d'Arkham, qui, à mes yeux, éclipse celui de l'épidémie.

Le cimetière de Christ Church fut la scène d'un meurtre atroce: un veilleur fut griffé à mort, et ses blessures firent naître un doute quant à leur origine. Etaient-elles le fait d'un homme? La victime avait été vue en vie bien après minuit, et c'est à l'aube qu'on découvrit le cadavre. Le directeur d'un cirque de la ville voisine fut interrogé, mais il jura qu'aucune bête ne s'était échappée dans la nuit. Ceux qui découvrirent le corps notèrent une trace de sang qui conduisait jusqu'à la fosse commune, où une petite mare de sang stagnait sur le ciment juste devant la grille d'entrée. Une trace plus légère les conduisit jusque dans les bois, mais se perdit bientôt. La nuit suivante, des démons dansèrent sur les toits d'Arkham et un vent de folie surnaturelle souffla. Une malédiction s'était emparée de la ville déjà enfiévrée, malédiction qui, selon certains, était plus grave que l'épidémie. On murmura qu'il s'agissait de la personnification même du fléau.

Dans huit maisons, une chose innommable pénétra et sema la mort dans son sillage. En tout, dix-sept corps furent retrouvés mutilés après le passage de ce monstre sadique et silencieux. Quelques personnes l'avaient entrevu dans l'obscurité. Elles dirent qu'il était blanc et ressemblait à un singe difforme, ou à un monstre anthropomorphe. Il n'avait pas laissé derrière lui tout ce qu'il avait attaqué, car il avait eu faim. Il avait tué quatorze personnes. Trois de ses victimes se trouvaient encore dans des maisons frappées par la maladie. Elles étaient déjà mortes.

La troisième nuit, des équipes de chercheurs conduites par la police le capturèrent dans une maison de Crane Street, près de l'université de Miskatonic. On avait soigneusement organisé les recherches, au moyen du téléphone, et lorsqu'une personne du quartier de l'université fit savoir qu'elle entendait gratter contre une fenêtre fermée, le filet fut aussitôt mis en place. Grâce aux précautions et à l'alerte générale, il n'y eut que deux victimes de plus, et la capture s'effectua sans incident grave. La «chose» fut finalement touchée par une balle et transportée à l'hôpital local, dans l'excitation et le dégoût général.

Car il s'agissait bien d'un *homme*. C'était incontestable, malgré ses yeux nauséeux, ses traits simiesques, son absence de voix et sa sauvagerie démoniaque. On pansa sa blessure et l'individu fut envoyé à l'asile psychiatrique de Sefton, où il se cogna la tête seize ans durant contre les murs de sa cellule matelassée jusqu'à la récente mésaventure au cours de laquelle il s'échappa.

Pour les enquêteurs, le moment le plus horrible fut encore celui où, la face du monstre ayant été nettoyée, ils constatèrent son incroyable ressemblance avec le martyr érudit que la ville venait de perdre et qui avait payé son dévouement de sa personne, feu le Dr Allan Halsey, l'ancien doyen de notre faculté, enterré depuis trois jours.

L'horreur et le dégoût atteignirent alors, en Herbert West et en moi-même, une insoutenable intensité. Ce soir, je frissonne en y songeant, plus encore que le matin où West, à travers ses bandages, murmura cette phrase terrifiante :

— Bon sang, il n'était pas *tout à fait* assez frais.

III

Six coups de feu au clair de lune

Il n'est pas courant de tirer six coups de feu à la suite alors qu'un seul suffirait. Mais il faut avouer que toute l'existence de Herbert West avait un caractère d'exception. Par exemple, il est peu commun qu'un jeune médecin se trouve contraint de dissimuler les raisons qui ont guidé le choix de sa résidence et de son cabinet. Ce fut pourtant le cas de mon ami. Lorsque nous eûmes tous deux obtenu nos diplômes universitaires, nous nous installâmes comme praticiens de médecine générale, tout en prenant soin de ne pas dire que nous avions choisi notre demeure pour sa situation isolée. Elle se trouvait en outre à proximité de la fosse commune. Ce choix était lié aux recherches extrêmement impopulaires que nous poursuivions. Extérieurement, nous n'étions que des médecins, mais sous cette apparence se cachaient des desseins d'une envergure infiniment plus ambitieuse. Car l'essence de la vie de West était une quête parmi les royaumes ténébreux et interdits de l'inconnu, dans lesquels il espérait découvrir le secret de la vie, et redonner à l'argile froide des cimetières une animation perpétuelle. Une telle recherche exige d'étranges matériaux et en particulier des cadavres frais : pour pouvoir s'approvisionner selon ses besoins, il faut donc vivre discrètement, dans un endroit peu éloigné des lieux d'enterrement.

J'avais rencontré West en faculté, et j'avais été le seul à témoigner de la sympathie pour ses hideuses expériences. J'étais devenu peu à peu son inséparable assistant, et maintenant que nous avions quitté l'université, nous restions ensemble. Ce ne fut pas facile de trouver des débouchés pour deux nouveaux médecins associés, mais finalement, les autorités universitaires nous firent obtenir un cabinet à Bolton, ville industrielle proche d'Arkham. Les usines Worsted de Bolton sont les plus importantes de la vallée du Miskatonic, et leurs employés polyglottes ne sont pas des clients très appréciés des médecins locaux. Nous choisîmes notre maison très soigneusement, nous décidant enfin pour un cottage délabré, près de l'extrémité de Pond Street, à cinq numéros du voisin le plus proche, et séparé de la fosse commune locale par une prairie, traversée elle-même par une bande de forêt étroite et dense. La distance était supérieure à ce que nous aurions souhaité, mais nous ne pouvions trouver de maison plus proche, tout en restant dans le quartier de l'usine.

Nous n'étions pas trop mécontents, cependant, car il n'y avait personne entre nous et notre sinistre source d'approvisionnement. Il fallait un peu marcher, mais nous pouvions traîner nos spécimens silencieux sans être dérangés.

Nous fûmes surpris d'avoir tout de suite une aussi large clientèle. Les ouvriers de l'usine étaient plutôt turbulents, et en plus de leurs efforts physiques, leurs querelles fréquentes au couteau nous donnaient beaucoup de travail. Mais ce qui absorbait vraiment nos esprits, c'était le laboratoire secret que nous avions installé dans la cave — le laboratoire avec la longue table sous la lampe électrique, où, aux petites heures du matin, nous injections souvent les différentes solutions de West dans les veines des corps que nous amenions de la fosse commune. West faisait des expériences passionnées pour trouver ce qui remettrait en mouvement un homme mort, mais il se heurtait aux obstacles les plus grands. La solution devait être différente pour chaque cas. Tout ce qui servait pour les cobayes ne pouvait pas servir pour les êtres humains, et les différents spécimens demandaient d'importantes modifications. Les corps devaient être très frais, car la plus petite décomposition des tissus cérébraux faussait la réanimation. Oui, le problème essentiel était de trouver des corps suffisamment frais. West avait eu des expériences horribles, pendant ses recherches universitaires secrètes, avec des cadavres d'une fraîcheur douteuse. Les résultats d'une réanimation partielle ou imparfaite étaient bien plus redoutables que les échecs, et nous avions tous deux des souvenirs atroces de ces événements. Depuis notre première expérience démoniaque, dans la ferme abandonnée de Meadow Hill, nous sentions une vague menace, et West, qui était par bien des aspects une espèce d'automate calme, blond, aux yeux bleus, à l'esprit scientifique, avouait souvent, en frissonnant, qu'il avait l'affreuse sensation d'être poursuivi — illusion psychologique due à ses nerfs ébranlés, mais renforcée par le fait indéniablement inquiétant qu'au moins l'un des spécimens que nous avions ranimés était encore en vie. C'était un terrifiant carnivore enfermé dans une cellule matelassée. Il y en avait un autre — notre premier cobaye — dont nous n'avions jamais connu le sort exact. Nous eûmes plus de chance avec les spécimens de Bolton. Cela faisait à peine une semaine que nous étions installés quand nous

nous procurâmes un accidenté la nuit même de son enterrement. Nous réussîmes à lui faire ouvrir les yeux, dans lesquels nous pûmes discerner une expression étonnamment rationnelle, mais l'effet de la solution s'arrêta là. L'homme avait perdu un bras — si le corps avait été intact, nous aurions probablement mieux réussi. Entre cette expérience et le mois de janvier, nous fîmes trois autres tentatives ; l'une fut un échec total, la seconde provoqua des mouvements musculaires assez marqués, et la dernière fut plutôt effrayante ; car le cadavre se leva et émit un son. Puis vint une période où la chance nous fit défaut. Il y eut moins d'enterrements, et ceux qui avaient lieu concernaient des spécimens trop malades ou trop abîmés pour nous être utiles. Nous nous tenions au courant de toutes les morts et des conditions dans lesquelles elles se produisaient.

Une nuit du mois de mars, cependant, nous obtînmes par hasard un spécimen qui ne venait pas de la fosse commune. A Bolton, l'esprit puritain avait interdit les combats de boxe. Mais des rencontres clandestines avaient communément lieu parmi les ouvriers d'usine, et, à l'occasion, des professionnels peu connus étaient même invités. En cette tardive nuit d'hiver, un match avait eu des résultats désastreux, et deux Polonais craintifs étaient venus nous voir en murmurant des paroles inquiètes. Nous les suivîmes dans une grange abandonnée, où ce qu'il restait d'une foule d'étrangers apeurés regardait en silence une forme noire sur le sol. Le match avait eu lieu entre Kid O'Brien, un gaillard empoté, agité à présent de tremblements — avec un nez busqué qui ne ressemblait pas à un nez irlandais —, et Buck Robinson, « la Fumée de Harlem ». Le Noir avait été mis K.O., et un rapide examen nous permit de conclure qu'il demeurerait ainsi pour l'éternité. Il était laid et ressemblait à un gorille, avec des bras anormalement longs (que je ne pus m'empêcher d'appeler des pattes de devant), un visage qui faisait penser aux secrets innommables du Congo et aux battements du tam-tam sous une lune mystérieuse. Il devait avoir l'air encore pire de son vivant, mais le monde contient tant de laideur ! La foule pitoyable était apeurée, car ils ne savaient pas ce que la loi leur réservait si l'affaire n'était pas étouffée. Les hommes furent reconnaissants à West lorsque celui-ci, malgré mon involontaire frisson, leur proposa de les débarrasser en secret de la chose. Pour une raison que je connaissais trop bien...

Nous entrâmes dans la maison par la porte de derrière, descendîmes l'objet dans la cave et le préparâmes pour l'expérience. Nous avions très peur de la police, bien que nous eussions soigneusement minuté notre voyage pour éviter la seule patrouille du secteur. Le résultat fut peu passionnant. Car notre butin resta insensible à chaque solution que nous injectâmes dans ses bras morts, solutions préparées pour des expériences réservées à des spécimens de race blanche. C'est pourquoi, comme l'aube approchait dangereusement, nous fîmes ce que nous avions fait avec les autres : nous traînâmes la chose à travers champs jusqu'au petit bois à côté du cimetière, et l'enterrâmes dans une tombe que nous réussîmes tant bien que mal à creuser dans le sol gelé. La tombe était peu profonde, mais aussi bonne que celle qui nous avait servi pour le spécimen précédent — celui qui s'était levé et avait émis un son. A la lueur de nos lanternes, nous la recouvrîmes de feuilles et de racines, à peu près certains que la police ne la trouverait pas dans une forêt si sombre et si dense. Le jour suivant, j'eus peur des autorités, car un patient nous rapporta des rumeurs sur un combat et une mort suspects. West avait un autre sujet d'inquiétude, car il avait été appelé dans l'après-midi pour un cas qui s'était terminé de façon alarmante. Une Italienne était devenue hystérique à la suite de la disparition de son enfant, un gamin de cinq ans qu'on n'avait pas revu depuis le matin et qui n'était pas rentré le soir. Elle présentait des symptômes très inquiétants. L'enfant avait déjà disparu plusieurs fois, sa crise était donc inexplicable. Mais les paysans italiens sont très superstitieux et cette femme semblait aussi effrayée par des présages que par des faits. Elle était morte vers sept heures du soir, et son mari, perdant la tête, avait essayé de tuer West, à qui il reprochait de ne pas l'avoir sauvée. Des amis l'avaient retenu quand il avait sorti un poignard, et West était parti au milieu de ses cris inhumains, de ses malédictions et de ses serments de vengeance. Dans son chagrin, l'homme semblait avoir oublié son enfant, que l'on n'avait toujours pas retrouvé dans la nuit. On parla de faire des recherches dans les bois, mais la plupart des amis de la famille étaient occupés à habiller le cadavre de la femme et à calmer le mari. La tension nerveuse de West avait dû être énorme. La pensée de la police et de l'Italien fou pesait lourdement sur nos esprits.

Nous nous couchâmes vers onze heures, mais ne dormîmes pas bien. Bolton avait des effectifs de police étonnamment importants pour une si petite ville, et je ne pouvais pas m'empêcher de redouter les conséquences si on découvrait l'affaire de la nuit précédente. Cela signifierait la fin de notre travail, et peut-être même la prison pour nous deux. Je n'aimais pas du tout les rumeurs qui couraient au sujet de ce combat. L'horloge sonnait trois heures et la lune m'éblouissait ; je me retournai sans me lever pour tirer le store. C'est alors qu'un grattement régulier se produisit à la porte de derrière. Je demeurai immobile, un peu interdit, lorsque j'entendis West frapper à ma porte. Il était en robe de chambre et en pantoufles et tenait un revolver et une lampe électrique. A voir cette arme, je conclus qu'il pensait plus à l'Italien fou qu'à la police.

— Nous ferions mieux d'aller voir tous les deux, chuchota-t-il. Il ne servirait à rien de ne pas répondre, et ce peut être un client. Cela ressemblerait bien à l'un de ces idiots de frapper à la porte de derrière.

Nous descendîmes donc l'escalier sur la pointe des pieds avec une crainte à demi justifiée. Le grattement continua et s'amplifia. Quand nous nous trouvâmes devant la porte, je la déverrouillai prudemment, puis l'ouvris brusquement, et, tandis que la lune révélait la silhouette, West commit un acte étrange. Sans craindre d'attirer l'attention et d'amener sur nous les recherches de la police — ce qui ne se produisit pas grâce à l'isolement de notre maison —, mon ami déchargea les six cartouches de son revolver sur le visiteur nocturne, et cela brusquement, intempestivement et sans nécessité apparente. Car ce visiteur n'était ni Italien ni la police. Se détachant hideusement contre la lune spectrale, il avait une silhouette gigantesque, difforme, cauchemardesque ; c'était une apparition sur quatre pattes, aux yeux vitreux d'un noir d'encre, couverte de moisissures, de feuilles, de racines, répugnante, avec des plaques de sang séché, tenant entre ses dents luisantes un objet blanc comme neige, cylindrique, avec au bout une petite main.

IV

Le cri du mort

Le cri d'un mort attisa en moi la terreur dans laquelle West et moi-même avons vécu les dernières années de notre compagnonnage. Mais ce ne fut pas de l'homme mort que j'eus peur.

West, dont j'étais l'associé et l'assistant, était animé d'un intérêt scientifique qui allait bien au-delà de la routine habituelle d'un médecin de campagne. C'est pourquoi, quand il s'était installé à Bolton, il avait choisi une maison isolée près de la fosse commune. Pour dire les choses crûment, le seul intérêt de West était l'étude secrète des phénomènes de la vie et de la mort en vue de ranimer les morts par l'injection d'une solution revivifiante. Pour ces expériences macabres, il était nécessaire d'avoir un approvisionnement constant en corps humains très frais. Car la plus petite décomposition endommageait irrémédiablement les cellules du cerveau. Nous avions découvert que la solution devait être composée de manière différente selon les types d'organismes. Nous avions tué d'innombrables lapins et cobayes, mais ces pistes ne menaient à rien. West n'avait jamais complètement réussi, car il n'avait pu se procurer de corps suffisamment frais ; ce qu'il voulait, c'était des corps où la vie venait de s'éteindre, des corps dont toutes les cellules fussent intactes, et qui fussent capables de recevoir l'impulsion qui les ramènerait à ce type d'activité qu'on appelle la vie. Nous avions espéré que cette seconde existence artificielle pourrait être rendue perpétuelle par des injections répétées, mais nous avions appris que la vie naturelle ne répondait pas à cette excitation. Pour réaliser cette activité artificielle, la vie véritable devait avoir cessé — les spécimens devaient être frais, mais bel et bien morts.

Ces recherches macabres avaient commencé lorsque nous étions étudiants. Nous croyions à la nature entièrement mécanique de la vie. Cela, c'était sept années plus tôt. Mais West avait l'air à peine vieilli. Il était blond, rasé de près, il avait la voix douce et portait des lunettes. Seul, parfois, l'éclair de ses yeux bleu acier pouvait révéler le fanatisme croissant de sa personnalité sous la pression de ces terribles recherches.

Nos expériences avaient souvent été des plus horribles et les résultats des réanimations défectueux. Des masses molles provenant de l'argile des cimetières avaient été galvanisées par des injections de la solution vitale, et avaient réagi par des mouvements morbides, non naturels et indépendants du cerveau. L'une de ces choses avait émis un cri propre à ébranler le système nerveux ; une autre s'était relevée avec violence, nous avait assommés et avait exercé bien des ravages avant d'être capturée et placée derrière les barreaux d'un asile ; une autre encore, une répugnante monstruosité africaine, avait réussi à sortir de sa tombe peu profonde et avait commis un meurtre — West avait dû l'abattre. Comme nous n'avions pu obtenir de corps suffisamment frais pour qu'ils fassent preuve de raison une fois ranimés, nous avions obligatoirement créé des créatures terrifiantes. Il était assez inquiétant de penser qu'un ou peut-être deux de nos monstres étaient encore en vie. Cette pensée nous hanta jusqu'à ce que, enfin, West disparût dans des conditions épouvantables.

Mais à l'époque de ce cri, dans le laboratoire que nous avions installé au fond de la cave de notre cottage isolé, nos craintes étaient liées à la difficulté d'obtenir des spécimens frais. West était plus avide que moi, si bien qu'il me semblait presque qu'il regardait avec convoitise tous les êtres vivants doués d'une bonne santé.

C'est en juillet 1910 que notre malchance commença à tourner. J'avais effectué un séjour chez mes parents en Illinois, et à mon retour, je trouvai West dans un état d'exaltation étrange. Il avait très probablement résolu, me dit-il, avec excitation, le problème de la fraîcheur, grâce à une nouvelle méthode, celle de la conservation artificielle. Je savais qu'il travaillait sur un nouveau procédé d'embaumement, et ne fus pas surpris d'apprendre qu'il avait découvert quelque chose. Mais jusqu'à ce qu'il m'en eût donné les détails, je me demandai en quoi cette méthode pourrait nous aider, puisque l'état douteux de nos spécimens était dû aux délais qui s'écoulaient entre leur mort et le moment où nous nous les procurions.

West était parfaitement conscient de cela. Il avait composé sa formule d'embaumement pour l'utiliser dans le futur plutôt que dans l'immédiat, et s'en remettait au destin pour que celui-ci nous apportât de nouveau un cadavre très frais, non enseveli, comme celui du Noir.

Le sort nous fut enfin favorable et nous finîmes par nous procurer un cadavre dont la décomposition n'avait pas encore commencé. West ne s'aventura pas jusqu'à prédire ce qui se passerait lors de la réanimation. Cette expérience serait une étape importante de nos recherches, et il avait gardé le corps pour mon retour afin que nous pussions ensemble assister au spectacle. West me dit comment il avait obtenu le spécimen. C'était un homme vigoureux, un étranger bien habillé qui était descendu du train pour traiter des affaires avec l'usine de Bolton. Sa marche à travers la ville avait été longue, et quand le voyageur s'était arrêté devant chez nous pour demander le chemin des usines, son cœur avait déjà été soumis à rude épreuve. Il avait refusé un remontant, et était tombé raide mort un moment après. Le corps avait semblé à West un cadeau du ciel. Dans sa brève conversation, l'homme avait révélé qu'il était étranger à Bolton, et la fouille de ses poches nous apprit qu'il s'agissait d'un certain Robert Leavitt, de Saint Louis, apparemment sans famille susceptible de faire des recherches sur sa disparition. Si cet individu ne pouvait être ramené à la vie, personne ne serait au courant de notre expérience. Nous enterrions, en effet, nos cobayes dans une forêt épaisse qui s'étendait entre la maison et la fosse commune. Mais si nous réussissions, notre glorieuse renommée serait établie à jamais. C'est pourquoi, sans attendre, West avait injecté dans le poignet du cadavre le liquide qui le maintiendrait frais jusqu'à mon arrivée. La présence d'un cœur peu solide, qui dans mon esprit compromettait le succès de notre expérience, ne semblait guère gêner West. Il espérait obtenir enfin une étincelle de raison, et peut-être une créature vivante normale. Donc, dans la nuit du 18 juillet 1910, West et moi étions dans le laboratoire de la cave et observions une forme blanche et silencieuse sous la lumière aveuglante de la lampe. La formule d'embaumement avait parfaitement fait son effet, car fasciné par la vue du corps vigoureux qui depuis deux semaines n'avait pas encore atteint la rigidité, je demandai à West de m'assurer qu'il était vraiment mort. Assurance qu'il me donna sans hésiter, en me rappelant que la solution de réanimation n'était jamais utilisée sans précautions préalables, puisqu'elle restait sans effet si la mort n'était pas absolue.

Tandis que West procédait aux préliminaires, je restai impressionné par la complexité de sa nouvelle expérience, complexité si grande qu'il ne pouvait se fier à une autre main que la sienne. M'interdisant de toucher le corps, il injecta d'abord une solution dans le poignet, juste à côté de l'endroit où il avait injecté le liquide d'embaumement. Selon lui, cela devait neutraliser la formule et permettre au corps de revenir à une relaxation normale pour que la solution de réanimation pût agir avec efficacité. Peu après, un changement et un vague mouvement semblèrent se produire dans les membres ; West jeta violemment une sorte d'oreiller sur le visage qui se convulsait, et le maintint jusqu'à ce que le cadavre fût immobile et prêt pour notre expérience de réanimation.

L'exalté effectua encore quelques tests pour s'assurer de l'absence totale de vie, se déclara satisfait, et finalement injecta dans le bras gauche une quantité soigneusement mesurée de l'élixir vital, préparé pendant l'après-midi avec plus de soin que lors de nos premiers tâtonnements, du temps où nous étions encore à l'université.

Je ne parviens pas à exprimer l'anxiété et l'impatience avec lesquelles nous attendîmes les résultats sur ce premier spécimen réellement frais, le premier dont nous pouvions attendre qu'il parlât, d'une manière rationnelle, pour nous raconter peut-être, ce qu'il avait vu de l'autre côté du gouffre insondable. West était matérialiste. Il ne croyait pas à l'existence de l'âme et attribuait tous les effets de la conscience à des phénomènes physiques. C'est pourquoi il n'attendait aucune révélation sur les mystères et les abîmes de l'au-delà. Théoriquement, je n'étais pas en complet désaccord avec lui, mais instinctivement quelques résidus de la foi primitive de mes ancêtres me revenaient. Si bien que je ne pouvais m'empêcher de regarder le corps sans une certaine appréhension. De plus, je ne pouvais chasser de ma mémoire ce cri horrible et inhumain que nous avions entendu la nuit où nous avions fait notre première expérience, dans la ferme déserte d'Arkham.

Il s'écoula peu de temps avant que je visse que la tentative ne serait pas un échec total : un peu de couleur revint sur les joues, jusque-là blanches comme de la craie, et s'étendit sous la barbe couleur de sable. West, qui tenait le pouls du poignet gauche, hocha brusquement la tête d'une manière significative, et presque simultanément une buée se forma sur le miroir incliné vers la bouche du cadavre. Puis quelques mouvements spasmodiques agitèrent les muscles. On put alors entendre la respiration et voir la poitrine se soulever. Je regardai les paupières fermées et crus qu'elles s'agitaient. Elles s'ouvrirent enfin, découvrant les yeux gris, calmes et vivants, mais encore dénués d'intelligence et même de curiosité. En proie à quelque lubie fantastique, je chuchotai des questions aux oreilles qui se coloraient, des questions sur l'autre monde, que sa mémoire pouvait encore avoir présent à l'esprit. La terreur qui s'ensuivit les a, depuis, chassées de mon esprit, mais je crois que la dernière que je lui répétai fut :

— Où avez-vous été ?

Je ne sais toujours pas si je reçus une réponse, car aucun son ne sortit de la bouche bien dessinée ; mais je suis certain qu'à ce moment les lèvres minces remuèrent silencieusement, formant des syllabes que je compris ainsi : « Seulement maintenant », si toutefois cette phrase a quelque sens. A ce moment, dis-je, j'étais convaincu et j'exultais : nous avions atteint notre grand objectif et, pour la première fois, un cadavre ranimé avait prononcé distinctement des mots dictés par la raison. L'instant d'après, le triomphe ne fit plus de doute. La solution avait vraiment accompli, du moins temporairement, sa mission : rendre aux morts une vie rationnelle et douée de langage. Mais ce triomphe suscita en moi la plus grande de toutes les horreurs — non pas envers la chose qui parla, mais envers l'action dont j'avais été témoin et pour l'homme avec lequel j'étais professionnellement associé. Car ce corps si frais, qui reprenait enfin entièrement conscience d'une manière terrifiante, les yeux dilatés au souvenir de la dernière minute de vie, se mit à agiter les bras comme pour se défendre contre un danger mortel ; et, retombant brusquement dans une seconde inconscience finale et sans retour, il jeta ce cri qui résonnera éternellement dans mon cerveau douloureux :

— *Au secours ! Arrière, maudit démon aux cheveux filasse ! ne me touche plus avec cette maudite aiguille !*

V

L'horreur venue des ombres

Nombreux sont ceux qui ont relaté des choses épouvantables sur les champs de bataille de la Grande Guerre, sans jamais les publier. Certains de ces récits m'ont dégoûté, certains m'ont donné une nausée épouvantable, tandis que d'autres m'ont fait frissonner d'effroi. Pourtant, je me crois capable de relater la plus horrible de toutes les horreurs, la plus bouleversante, la plus surnaturelle et la plus incroyable. En 1915, j'étais médecin et j'avais le grade de lieutenant d'un régiment canadien des Flandres, l'un des nombreux régiments américains à précéder l'entrée du gouvernement dans cette bataille gigantesque. Je ne m'étais pas engagé dans l'armée de ma propre initiative, mais à la suite de l'engagement d'un homme dont j'étais l'assistant inséparable, le célèbre chirurgien de Bolton, le Dr West. Il s'était montré désireux de servir comme chirurgien dans une grande guerre, et quand l'occasion s'était présentée, il m'avait entraîné avec lui presque contre mon gré. Pour de nombreuses raisons, j'aurais été content que la guerre nous séparât, raisons qui m'avaient fait trouver la compagnie de West et sa façon de pratiquer la médecine insupportables. Lorsqu'il partit pour Ottawa et obtint, grâce à l'influence d'un confrère, sa nomination de major, je ne pus résister à l'insistance d'un homme bien décidé à ce que je l'accompagne.

Quand je dis que le Dr West était désireux de servir à la guerre, je n'implique pas qu'il était particulièrement belliqueux ou soucieux de la sauvegarde de la civilisation. Il avait été, de tout temps, une machine intellectuelle aussi froide que la glace. Mince, blond, les yeux bleus et portant lunettes. Je pense qu'en secret il méprisait mes élans d'enthousiasme martial. Il était venu chercher quelque chose dans les Flandres embrasées par la guerre. Pour l'obtenir, il avait dû se faire militaire. Ce qu'il cherchait en fait, c'était, ni plus ni moins, une abondante source d'hommes fraîchement tués et à tous les stades de l'amputation. West avait besoin de corps frais. La clientèle à la mode qui avait si rapidement bâti sa renommée après son arrivée à Bolton ignorait tout de ses travaux, mais je ne les connaissais que trop bien, car j'étais son meilleur ami et son seul assistant depuis nos études. C'était à cette époque qu'il avait entrepris ses terribles expériences, d'abord sur de petits animaux, puis sur des corps humains. Il injectait une certaine solution dans les veines de ses cadavres qui, s'ils étaient suffisamment frais, réagissaient d'étrange manière. Il avait eu beaucoup de mal à découvrir la formule appropriée, car il s'était révélé que chaque type d'organisme nécessitait un stimulant spécialement adapté. La terreur s'emparait de lui quand il pensait à ses échecs partiels, aux monstres innommables nés de solutions imparfaites ou de corps insuffisamment frais. Un certain nombre des produits de ses échecs étaient vivants — l'un était dans un asile, tandis que les autres avaient disparu —, et en pensant à des éventualités virtuellement impossibles, mais concevables, il frissonnait souvent sous son apparente impassibilité.

West avait bientôt découvert que la fraîcheur absolue était la première exigence. C'est pourquoi il avait eu recours à des expédients effrayants et contre nature pour voler des corps. A l'université et pendant les premières années d'exercice de notre profession dans la ville industrielle de Bolton, j'éprouvais pour lui une sorte d'admiration et de fascination, mais au fur et à mesure que ses méthodes se faisaient plus audacieuses, je me mis à éprouver une terreur lancinante. Je n'aimais pas la manière dont il regardait les individus en bonne santé, et puis un événement cauchemardesque s'était produit dans le laboratoire de la cave, où j'avais appris que le spécimen qu'il avait réussi à se procurer avait été tué par lui. Ce fut la première fois qu'il réussit à faire renaître la pensée rationnelle dans un cadavre, et ce succès, dû à un acte répugnant, l'avait endurci. Je n'ose pas parler de ses méthodes dans les cinq années qui suivirent. Seule la peur me fit rester auprès de lui, et je vis des scènes qu'il est humainement impossible de relater. Peu à peu, j'en vins à penser que West lui-même était plus horrible que tout ce qu'il faisait — j'eus un jour la révélation que ce qui avait été jadis une ardeur scientifique normale employée à prolonger la vie avait peu à peu dégénéré en une curiosité morbide et macabre, en une jouissance secrète devant les cadavres. Son intérêt devint un goût pervers et infernal pour tout ce qui était anormalement repoussant et malsain ; il se réjouissait calmement de monstruosités artificielles qui auraient fait mourir de peur et de dégoût la plupart des hommes sains d'esprit. Il devint derrière sa pâle façade d'intellectuel un Baudelaire dégénéré de l'expérimentation physique, un Héliogabale des tombes. Il prenait des risques sans broncher, commettait des meurtres imperturbablement. Je pense qu'il atteignit le summum quand il réussit à prouver que l'on pouvait recréer la vie douée de raison. Il avait cherché à conquérir de nouveaux domaines en se lançant dans des expériences de réanimation de parties du corps. Il avait des idées incroyables sur les propriétés d'indépendance des cellules organiques et des tissus nerveux séparés de leur système physiologique naturel. Il avait obtenu certains résultats préliminaires sous forme de tissus artificiellement nourris, obtenus à partir des œufs d'un reptile tropical indescriptible couvés presque à terme. Il était impatient de tirer au clair deux problèmes biologiques :

1° Est-il possible d'obtenir une certaine quantité de conscience ou d'actions raisonnables sans le cerveau, en partant de la moelle épinière et des différents centres nerveux ?

2° N'existe-t-il pas un lien intangible, distinct des cellules, reliant entre elles les parties, séparées par la chirurgie, de ce qui était auparavant un seul organisme vivant ?

Toutes ces recherches exigeaient une quantité prodigieuse de chair humaine fraîchement tuée, et voilà pourquoi West s'était engagé dans la Grande Guerre.

L'événement fantastique se produisit à minuit, au mois de mars 1915, dans un hôpital militaire, derrière les lignes, à Saint-Eloi. Je me demande encore si cela n'a pas été autre chose qu'un rêve démoniaque de delirium. West avait un laboratoire privé dans une pièce de l'édifice provisoire qui ressemblait à une grange. Pour l'obtenir, il avait prétendu qu'il cherchait de nouvelles méthodes pour le traitement des cas de mutilation jusque-là sans espoir. Là, il travaillait comme un boucher au milieu de ces matériaux ensanglantés — je ne pouvais pas m'habituer à la légèreté avec laquelle il manipulait et classait certains objets. En diverses occasions, il accomplit réellement des prodiges de chirurgie pour les soldats, mais son plaisir principal était d'une espèce beaucoup moins publique et philanthropique. On entendait souvent des bruits dans ce laboratoire. Et fréquemment des coups de revolver, ce qui n'était pas, bien sûr, anormal sur un champ de bataille, mais pour le moins inhabituel dans un hôpital. Les spécimens réanimés du Dr West n'étaient pas destinés à une longue existence ni à un large public. En plus du tissu humain, West utilisait une grande quantité de tissus de reptiles embryonnaires. C'était mieux que le tissu humain pour maintenir la vie dans des fragments sans organe, et c'était à présent devenu l'activité principale de mon ami. Dans un coin sombre du laboratoire, dans un curieux incubateur, il conservait une grande quantité de cette matière cellulaire de reptiles.

Cette nuit-là, nous eûmes un splendide spécimen — un homme à la fois physiquement vigoureux et d'une intelligence si grande qu'il possédait certainement un système nerveux fort sensible. Ironie du sort, c'était l'officier qui avait aidé West à obtenir sa nomination et qui allait devenir notre partenaire. De plus il avait jadis secrètement étudié la théorie de la réanimation avec West.

Le major Eric Moreland Chapham Lee, D.S.O., était le plus grand chirurgien de notre division ; il avait été assigné au secteur Saint-Eloi quand les nouvelles du violent combat étaient parvenues au quartier général. Il était venu dans un avion piloté par l'intrépide Ronald Hill et avait été abattu juste au-dessus de son point de destination. La chute avait été terrible et spectaculaire. Hill en était méconnaissable. La catastrophe nous rendit le grand chirurgien pratiquement décapité, mais le reste du corps était intact. West s'était avidement emparé de la chose sans vie qui avait été jadis son ami et son compagnon d'études. Je frissonnai quand il eut fini de séparer la tête du corps, et qu'il l'eut placée dans le récipient diabolique des tissus reptiliens, pour la conserver en vue d'expériences futures. Je frémis quand il se prépara à traiter le corps décapité sur la table d'opération. Il lui injecta du sang frais, ligatura des veines et des nerfs à l'endroit du cou dépourvu de tête, et recouvrit la hideuse ouverture avec une greffe de peau prélevée sur un spécimen non identifié qui avait porté un uniforme d'officier. Je savais ce qu'il voulait : voir si ce corps hautement organisé pouvait sans sa tête montrer quelques signes de l'activité mentale qui avait distingué Eric Moreland. Autrefois chercheur en réanimation, ce tronc silencieux était à présent appelé, de façon macabre, à servir de cobaye. Je revois encore West sous la sinistre lumière électrique, en train d'injecter sa solution dans le bras du corps décapité. Je ne peux décrire la scène — je défaillirais si j'essayais, car c'est la folie qui régnait dans cette pièce : fragments de chair, pots de sang, débris humains jusqu'à hauteur de cheville sur le sol gluant, avec des éléments de reptiles bourgeonnants, faisant des bulles, mijotant sur le spectre bleuâtre et tremblotant d'une faible flamme dans un coin rempli d'ombres. Le spécimen, observa West, était doté d'un splendide système nerveux. Il en attendait beaucoup. Lorsque quelques mouvements spasmodiques commencèrent à apparaître, je lus l'intérêt fiévreux de West sur son visage. Il était prêt, je crois, à voir la preuve de sa conviction, à savoir que la conscience, la raison, la personnalité peuvent exister indépendamment du cerveau, que l'homme ne possède pas de centre connecteur, et qu'il n'est qu'une mécanique de matières nerveuses, chaque section formant une entité plus ou moins grande.

Par cette triomphante démonstration, West allait reléguer le mystère de la vie dans la catégorie des mythes.

Le corps s'agitait de plus en plus ; sous nos yeux avides, il commença à se soulever d'une manière effrayante. Les bras remuèrent dans tous les sens, les jambes en firent autant et plusieurs muscles se contractèrent. Puis la chose sans tête lança ses bras dans un mouvement qui était sans aucun doute celui du désespoir — un désespoir intelligent, apparemment suffisant pour prouver toutes les théories de West. Les nerfs se remémoraient les derniers actes de l'existence de cet homme, la lutte pour s'échapper de l'avion qui tombait.

Ce qui suivit, je ne le saurai jamais avec certitude. Il se peut que cela ait été une hallucination causée au même instant par la destruction soudaine et totale du bâtiment sous un obus allemand — qui peut l'affirmer, puisque West et moi-même avons été les seuls survivants connus ? West préférait cette version avant sa récente disparition, mais il y avait des moments où il ne pouvait le croire, car il était étrange que nous eussions eu tous deux la même hallucination. L'événement en lui-même fut très simple, seules ses implications en font une chose remarquable. Le corps, sur la table, s'était relevé en tâtonnant d'une façon aveugle et terrifiante et nous entendîmes un son. Je n'appellerai pas ce son une voix, car c'était trop horrible. Et pourtant son timbre n'était pas ce qu'il y avait de plus atroce, pas plus que son message — elle avait simplement hurlé : « Saute, Ronald, pour l'amour de Dieu, saute ! » Mais ce son provenait du grand récipient couvert dans ce coin ignoble et grouillant d'ombres noires.

VI

Les légions des tombes

Lorsque le Dr West disparut, il y a un an, la police me pressa de questions. Ils me soupçonnaient de cacher quelque chose, et peut-être même des choses graves, mais je ne pouvais leur dire la vérité, car ils ne m'auraient pas cru. Ils savaient, bien sûr, que West s'était livré à des activités qui dépassent l'imagination ordinaire, car ces terrifiantes expériences sur la réanimation s'étaient faites sur une trop grande échelle pour que le secret total fût préservé; mais la catastrophe finale, propre à ébranler l'esprit, comportait des éléments si démoniaques que je doute encore de la réalité de ce que j'ai vu. J'étais l'ami le plus proche de West et son unique assistant. Nous nous étions rencontrés bien des années auparavant à la faculté de médecine, et j'avais participé à ses recherches dès le début. Il avait longuement essayé d'améliorer une solution qui, injectée dans les veines d'un mort récent, le ramènerait à la vie. Travail qui exigeait une abondance de cadavres frais et par conséquent impliquait les actions les plus contraires à la nature. Les produits de certaines expériences étaient encore plus choquants — des masses effroyables de chairs mortes, mais que West avait ramenées, dépourvues de cerveau, à un état d'animation aveugle. C'étaient les résultats qu'il obtenait habituellement, car, pour réveiller le cerveau, il était nécessaire d'avoir des spécimens assez frais pour qu'aucune détérioration n'ait affecté les délicates cellules nerveuses. Ce besoin de cadavres frais avait causé la ruine morale de West. Ils étaient difficiles à obtenir, et un jour il s'était procuré un spécimen encore vivant et en bonne santé. Une brève lutte, une seringue et un alcaloïde puissant l'avaient transformé en un cadavre tout frais, et l'expérience avait réussi pendant un bref moment, mais West en était ressorti avec une âme insensible et durcie et un regard froid qui parfois observait avec une sorte d'estimation hideuse les hommes dont le cerveau était particulièrement sensible et le corps particulièrement vigoureux. Vers la fin, j'eus à mon tour peur de lui, car il se mit à me regarder de cette façon. Les gens ne semblaient pas remarquer son regard, mais ils notaient ma frayeur, et après sa disparition ils se livrèrent aux soupçons les plus absurdes. En réalité, West avait plus peur que moi. Ses recherches abominables le contraignaient à une vie de dissimulation, hantée d'ombres menaçantes. D'une part il avait peur de la police, mais quelquefois aussi sa nervosité était plus profonde et plus vague; elle se rapportait à certaines choses indescriptibles dans lesquelles il avait injecté une vie morbide et qu'il n'avait pas vues disparaître ensuite. Il mettait habituellement fin à ses expériences avec un revolver, mais à plusieurs reprises, il n'avait pas été assez rapide. Il y eut ce premier spécimen sur la tombe duquel on découvrit des traces de griffes, il y eut aussi le corps de ce professeur qui avait perpétré des actes de cannibalisme avant d'être capturé et d'être jeté, non identifié, dans une cellule d'asile où il se frappa la tête contre les murs pendant seize ans.

Il est beaucoup moins facile de parler des autres survivants éventuels de ces expériences, car dans les années qui suivirent, le zèle scientifique de West avait dégénéré en manie malsaine et fantastique, et il avait utilisé son pouvoir à réanimer non des corps entiers, mais des fragments de corps ou des membres assemblés à une matière organique autre qu'humaine. C'était devenu vraiment monstrueux au moment où il disparut et on ne peut pas faire allusion à bon nombre de ces expériences. La Grande Guerre, dans laquelle nous servîmes tous deux en tant que chirurgiens, avait développé ce penchant. West éprouvait une vague crainte envers ses créatures. Et cette crainte complexe venait en partie simplement de ce qu'il savait que ces monstres innommables existaient, mais aussi de ce qu'ils pourraient lui infliger des blessures dans certaines circonstances. Leur disparition ajoutait encore à l'horreur de la situation —

car West ne connaissait le sort que d'un seul d'entre eux, celui qui était à l'asile.

Puis il y avait une crainte encore plus subtile — une sensation éminemment fantastique résultant d'une expérience curieuse qu'il fit dans l'armée canadienne en 1915. West, dans le feu d'une bataille violente, avait réanimé un médecin de ses amis qui connaissait ses expériences et était capable d'en effectuer lui-même. L'homme avait été décapité dans un accident d'avion et West avait entrepris des recherches sur les possibilités d'intelligence du corps. Il touchait au succès juste au moment où le bâtiment avait été démoli par un obus allemand. Le tronc avait bougé avec intelligence, et, si incroyable que cela paraisse, nous étions tous deux sûrs et certains que des sons articulés étaient venus de la tête coupée qui gisait dans un coin sombre du laboratoire. L'obus nous avait épargnés, mais West ne s'était jamais senti complètement certain que nous étions les deux seuls survivants. Il faisait des suppositions effrayantes sur les actes possibles d'un médecin sans tête qui aurait eu le pouvoir de ranimer les morts. La dernière résidence de West se trouvait dans une vénérable maison très élégante qui dominait l'un des vieux cimetières de Boston. Il avait choisi cet endroit pour des raisons purement symboliques et esthétiques, puisque la plupart des tombes dataient de l'époque coloniale et présentaient par conséquent peu d'intérêt pour un savant qui recherchait des corps très frais. Le laboratoire était dans une cave secrètement construite, qui contenait un vaste incinérateur pour se débarrasser discrètement des corps ou des fragments de corps qui résultaient des expériences et des amusements sacrilèges de son propriétaire. En creusant la cave, les ouvriers avaient découvert une partie de bâtiment extrêmement ancienne, sans aucun doute reliée au vieux cimetière, mais trop profonde pour communiquer avec aucune des sépultures connues. Après avoir fait des calculs, West conclut que ce devait être une chambre secrète située sous la tombe des Averill, où le dernier enterrement avait eu lieu en 1768. J'étais avec lui lorsqu'il étudia les murs suintants et nitreux mis à nu par les pelles des ouvriers, et je me préparais à ressentir l'émotion macabre qui accompagnerait la découverte des secrets de ces tombes séculaires, mais pour la première fois, l'hésitation de West vainquit sa curiosité naturelle. Il ne fut pas fidèle à sa nature perverse, car il ordonna qu'on laissât cette maçonnerie intacte et qu'on la recouvrît de plâtre. C'est ainsi que jusqu'à la terrible nuit finale elle demeura une partie des murs du laboratoire secret.

Je parle de la décadence de West, mais je dois ajouter qu'elle était purement mentale.

Extérieurement, il resta le même jusqu'à la fin — froid, calme, mince, les cheveux blonds, les yeux bleus, portant lunettes, un jeune homme que les années et les craintes n'avaient pas marqué. Il paraissait calme, même lorsqu'il pensait à cette tombe ouverte et qu'il regardait par-dessus son épaule. Même lorsqu'il songeait au monstre carnivore qui griffait et mordait derrière ses barreaux, à Sefton. La fin de West débuta un soir, alors que nous étions ensemble dans son bureau. Il lisait son journal en face de moi. Un titre l'avait frappé, et il semblait qu'une patte géante émergeait de seize années en arrière. Quelque chose d'effroyable, d'incroyable s'était produit à l'asile, à cinquante kilomètres de là. Au petit matin, un groupe d'hommes avait pénétré silencieusement dans l'hôpital, et leur chef avait réveillé les surveillants. C'était un militaire menaçant qui parlait sans remuer les lèvres, et dont la voix presque ventriloque semblait reliée à une grande valise noire qu'il portait avec lui. Son visage dénué d'expression était d'une beauté éclatante, mais il avait frappé le directeur quand la lumière du hall l'avait éclairé, car c'était un visage de cire avec des yeux de verre peint. Quelque accident terrible avait dû lui arriver. Un homme plus grand guidait ses pas, une carcasse repoussante dont la face bleuâtre semblait à moitié dévorée par une maladie inconnue. L'interlocuteur avait demandé la garde du monstre cannibale qui était enfermé là. Quand cela lui fut refusé, il donna le signal de l'attaque. Les démons battirent, piétinèrent, mordirent tous les surveillants qui ne s'étaient pas enfuis, en tuèrent quatre, et réussirent finalement à libérer le monstre. Celles des victimes qui pouvaient parler de l'événement sans devenir hystériques jurèrent que les créatures s'étaient conduites moins comme des hommes que comme des automates sans cerveau commandés par leur chef au visage de cire. Quand les secours arrivèrent, toute trace des hommes et de leur capture insensée avait disparu. Du moment où il lut cet article, West resta comme paralysé jusqu'à minuit. A minuit, on sonna à la porte, ce qui le fit sursauter de terreur. Tous les domestiques étaient endormis, si bien que j'allai ouvrir. Comme je le dis plus tard à la police, il n'y avait pas de voiture dans la rue, mais seulement un groupe d'individus bizarres qui portaient une grande boîte carrée qu'ils déposèrent dans l'entrée, après que l'un d'entre eux eut marmonné d'une voix étrange :

— Exprès. Port payé.

Ils s'éloignèrent d'un pas saccadé, et tandis que je les regardais partir, j'eus l'étrange impression qu'ils s'en retournaient vers le vieux cimetière qui s'étendait derrière la maison. Quand je claquai la porte derrière eux, West descendit les escaliers et regarda la boîte. Elle faisait à peu près soixante centimètres de côté, et portait le nom et l'adresse de West. Elle portait également l'inscription : « De la part d'Eric Moreland Chapham Lee, Saint-Eloi — Flandres. » Plusieurs années plus tôt, dans les Flandres, un hôpital frappé par un obus s'était écroulé sur le corps décapité et réanimé du Dr Chapham Lee, et sur la tête qui avait, nous sembla-t-il, émis des sons articulés. West n'était même pas agité. Son état était plus effrayant. Il dit rapidement :

— C'est la fin, mais brûlons d'abord ceci.

Nous descendîmes la chose dans le laboratoire, l'oreille aux aguets. Je ne me souviens pas des détails — on peut imaginer dans quel état d'esprit je me trouvais —, mais c'est un odieux mensonge de dire que c'est le corps de West que je mis dans l'incinérateur.

Nous y déposâmes la boîte sans l'avoir ouverte, nous fermâmes la porte et nous mîmes l'appareil en marche. Aucun son ne sortit de la boîte. Ce fut West qui remarqua le premier le plâtre qui se détachait de cette partie du mur où l'on avait recouvert la maçonnerie de l'ancienne tombe. J'allais m'enfuir, mais il m'arrêta. C'est alors que je vis une petite ouverture noire, et que je sentis un vent malsain et glacial, ainsi que l'odeur venue des entrailles en putréfaction de la terre. Il n'y avait aucun bruit, mais juste à ce moment l'électricité s'éteignit, et je vis, se découpant sur la phosphorescence de quelque monde infernal, une horde de choses silencieuses et lentes que seule la folie pouvait créer. Leurs contours étaient humains, à moitié humains, en partie humains ou tout à fait inhumains. La horde était grotesque, hétérogène. Ils retiraient les pierres du mur séculaire, calmement, une par une. Quand la brèche devint suffisamment large, ils pénétrèrent dans le laboratoire en file indienne, conduits par une chose dont la tête magnifique était de cire. Une sorte de monstruosité aux yeux fous, qui se trouvait derrière le chef, saisit Herbert West ; celui-ci ne résista pas et ne dit pas un mot, puis ils se jetèrent tous sur lui et le mirent en pièces, sous mes yeux, emportant ses débris sous cette voûte souterraine d'abominations fabuleuses. La tête de West fut emportée par le chef au visage de cire, qui portait l'uniforme d'un officier canadien. Et tandis que la tête de West disparaissait, je vis les yeux bleus derrière les lunettes briller pour la première fois d'une émotion visible. Les domestiques me trouvèrent sans connaissance le matin suivant. West avait disparu. L'incinérateur ne contenait que des cendres non identifiables. Les détectives m'ont interrogé, mais que puis-je dire ? Ils n'établiront aucun lien entre toutes ces tragédies, ni avec les hommes qui portaient la boîte, dont ils nient jusqu'à l'existence. Je leur ai parlé du souterrain et ils m'ont montré en riant le plâtre intact du mur. Alors je me suis tu. Ils supposent que je suis fou, ou meurtrier — et je suis probablement fou. Mais je ne serais pas fou si ces maudites légions des tombes n'avaient pas été si silencieuses.

LES CHATS D'ULTHAR

On raconte que dans Ulthar, de l'autre côté de la rivière Skaï, aucun homme n'a droit de tuer un chat. J'en suis d'autant plus convaincu que mes yeux se posent sur celui qui est assis là, ronronnant près du feu. Le chat est un animal mystérieux. Il devine et voit des choses que les humains ne perçoivent pas. N'est-il pas l'âme de l'antique Egypte et le sujet des contes oubliés de Méroé et Ophir ? De plus, il est apparenté au Seigneur de la Jungle, et comme tel, il est l'héritier des secrets de la sombre et inquiétante Afrique. Le Sphinx est son cousin. Il parle le même langage, mais il est plus ancien que lui et il se souvient de ce que le Sphinx a oublié.

A Ulthar, longtemps avant que l'on interdît d'abattre les chats, il y avait un vieux paysan et sa femme qui prenaient plaisir à prendre au piège, pour les tuer, les chats de leurs voisins. Pourquoi se livraient-ils à ce massacre ? Je l'ignore. Beaucoup de gens ont les chats en horreur, et ils ne supportent pas de les voir se glisser furtivement dans les cours et les jardins après le crépuscule. Peut-être ce couple était-il du nombre, toujours est-il qu'ils tuaient tous les chats qui s'approchaient de leur maison. D'après les cris que l'on percevait la nuit, de nombreux villageois pensaient que le couple devait avoir un procédé bien particulier pour se défaire des animaux. Mais ils évitaient soigneusement d'en parler avec le vieil homme et sa femme. Il faut dire que l'expression de leurs deux visages ridés était effrayante. En vérité, si les propriétaires de chats haïssaient ces étranges habitants d'une minuscule chaumière, dissimulée sous des chênes centenaires, derrière une cour abandonnée, ils les craignaient plus encore. Et au lieu de les traiter comme des assassins, ils se contentaient d'empêcher leurs animaux favoris de s'approcher de la maison maudite. Lorsque, à la suite d'une imprudence, un chat disparaissait et que l'on entendait dès la nuit tombée les bruits étranges, il ne restait plus à son maître qu'à se lamenter, ou à se consoler en remerciant le destin que ce ne fût pas l'un de ses enfants qui eût disparu. Car les gens d'Ulthar étaient simples. Ils ne savaient pas d'où les chats étaient originaires. Un jour, une caravane d'étrangers venus du sud pénétra dans les rues étroites et pavées d'Ulthar. Ces voyageurs avaient la peau sombre et ne ressemblaient pas à ceux qui traversaient, deux fois l'an, le village. Pour quelque argent, ils disaient la bonne aventure sur la place du marché, et achetaient avec leurs gains des colliers de verroterie. Personne n'aurait su dire quel était leur pays d'origine. Mais leur comportement était curieux et leurs singulières prières étonnaient. Sur les flancs de leurs roulottes, ils avaient peint de curieuses silhouettes dont les corps humains portaient des têtes de chats, de faucons, de béliers et de lions. Le chef de la caravane avait sur la tête un bonnet décoré d'une paire de cornes et d'un curieux cercle.

Il y avait, dans cette singulière caravane, un petit garçon orphelin de père et de mère, qui avait reporté toute son affection sur un charmant chaton noir. La peste n'avait pas épargné les siens, mais elle lui avait laissé, quand même, cette petite créature soyeuse pour apaiser son chagrin. Lorsqu'on est très jeune, on peut trouver une consolation à voir gambader joyeusement un petit chat noir. Le garçon, que les gens basanés appelaient Ménès, souriait plus souvent qu'il ne pleurait pendant qu'il jouait avec son petit animal sur les marches d'une roulotte bizarrement peinte. Au troisième matin du séjour des voyageurs à Ulthar, Ménès ne retrouva pas son chaton noir. En le voyant sangloter sur la place du marché, certains villageois lui parlèrent du vieil homme et de sa femme, et des bruits que l'on entendait la nuit près de leur maison. Lorsqu'il eut écouté ces paroles, l'enfant s'arrêta de pleurer et se mit à méditer. Puis il fit une prière. Il tendit les bras vers le soleil, et récita des litanies dans une langue qu'aucun habitant d'Ulthar ne pouvait comprendre. A ce moment-là, les nuages prirent une forme curieuse. Il se formait dans le ciel des silhouettes indistinctes et nébuleuses de plantes exotiques, de créatures hybrides couronnées de cercles entourés de cornes. La nature aime prendre parfois ces figures tourmentées qui impressionnent les imaginatifs. Cette nuit-là, les voyageurs quittèrent Ulthar, et on ne les revit jamais plus.

Le lendemain matin, les villageois s'aperçurent, bouleversés, que les chats avaient disparu. L'animal familier semblait avoir déserté tous les foyers. Petit, grand, gros, noir, gris, jaune, rayé, il n'y avait plus un seul chat dans tout le village. Le vieux Kranon, le bourgmestre, jura que les gens à la peau sombre s'étaient emparés de tous ces animaux pour venger la mort du petit chat de Ménès, et il maudit et la caravane, et le jeune garçon. Mais Nith, le fluet notaire, déclara qu'il s'agissait sans doute encore d'un mauvais tour du vieux villageois et de sa femme, car leur haine des chats empirait de jour en jour. Pourtant, personne n'osa incriminer le sinistre couple. Atal, le fils de l'aubergiste, jura bien qu'il avait vu tous les chats d'Ulthar réunis au crépuscule dans la cour déserte de la chaumière. Mais pouvait-on accorder crédit au récit d'un si jeune garçon ? Celui-ci racontait que tous les chats avaient suivi solennellement deux d'entre eux, comme s'ils accomplissaient un rite inconnu. Mais les villageois, tout en craignant que le vieillard et sa femme eussent envoûté les chats pour les faire mourir, préférèrent ne pas se rendre à la lugubre demeure. Ils attendraient que le couple sorte pour l'accabler de reproches. Ulthar s'endormit en colère. Mais à l'aube un miracle semblait s'être produit, car les habitants retrouvèrent, à leur réveil, tous les chats du village. Petits, grands, gros, noirs, gris, jaunes, rayés, tous les chats étaient revenus. Ils semblaient gras et luisants, et ils ronronnaient de plaisir. Les citoyens discutèrent de cet événement et s'étonnèrent grandement de cette étrange aventure. Le vieux Kranon répéta que c'était là l'œuvre des gens à la peau basanée, puisqu'il était de notoriété publique que les chats ne revenaient jamais vivants de la chaumière du sinistre couple. Tout le monde tomba d'accord sur le fait que, les chats ne touchant plus à leurs pâtées ni à leurs soucoupes de lait, il y avait là quelque chose de curieux. Pendant deux jours entiers, les chats d'Ulthar refusèrent de toucher à leur nourriture et se chauffèrent au soleil ou près des foyers. Une semaine se passa avant que les villageois remarquent qu'il n'apparaissait plus aucune lumière à la fenêtre de la chaumière, sous les arbres. Puis le fluet Nith déclara que personne n'avait plus vu le vieil homme et sa femme depuis la nuit où les chats avaient disparu. Une semaine plus tard, le bourgmestre surmonta ses craintes pour aller voir ce qui se passait dans la silencieuse demeure. Il prit la précaution d'y aller accompagné de deux témoins : Shang, le forgeron, et Thul, le tailleur de pierres. Lorsqu'ils eurent enfoncé la porte, ils ne trouvèrent que deux squelettes parfaitement nettoyés, et un grand nombre de scarabées étranges qui grouillaient à travers toute la pièce. Cette découverte donna lieu à de nombreuses discussions. Zoth, le juge, se disputait à longueur de temps avec Nith, le fluet notaire. Kranon, Shang et Thul étaient pressés de questions. Même le jeune Atal, le fils de l'aubergiste, fut interrogé à plusieurs reprises et reçut des bonbons en récompense. On parla du vieux villageois et de sa femme, de la caravane et des étrangers à la peau sombre, du petit Ménès et de son chaton noir, des prières de Ménès et du ciel tourmenté, de ce que les chats avaient fait la nuit où la caravane était partie, et de ce qu'on avait trouvé plus tard dans la chaumière, sous les arbres sombres de la cour repoussante. Et, pour finir, les bourgeois instituèrent cette loi remarquable dont les commerçants parlent à Hotheg et les voyageurs à Nir. A savoir qu'à Ulthar, aucun homme n'a le droit de tuer un chat.

LES AUTRES DIEUX

Au sommet du pic le plus élevé du monde demeurent les dieux de la terre qui ne souffrent pas qu'aucun mortel les regarde. Jadis ils habitaient des pics moins élevés, mais les hommes des plaines escaladaient toujours plus hardiment les pentes rocheuses et neigeuses, repoussant les dieux vers ces hauteurs ultimes où ils se trouvent à présent.

En quittant leur demeure précédente, ils emportèrent avec eux tout ce qui eût pu les signaler. Ils laissèrent pourtant une sculpture gravée sur le flanc d'une montagne, connue sous le nom de Ngramek.

Ils vivent à présent au pays inconnu de Kadath, dans un désert glacé qu'aucun homme ne traverse, et sont devenus farouches. Sévères, aussi, et alors que jadis ils acceptaient que les hommes les fissent se déplacer, ils leur interdisent aujourd'hui de venir, ou, s'ils viennent, de repartir. Il est préférable que les humains ne connaissent pas Kadath, dans le désert glacé, sinon ils tenteraient de s'y rendre.

Parfois, quand les dieux ont la nostalgie de leur ancienne demeure, ils viennent rendre visite dans la nuit silencieuse aux pics qu'ils habitaient autrefois, et ils pleurent doucement en essayant de jouer comme jadis sur les pentes familières.

Les hommes ont perçu les pleurs des dieux sur Thurai au sommet neigeux, mais ils ont cru que c'était la pluie, et ils ont entendu leurs soupirs, à l'aube, dans les vents plaintifs de Lerion. Les dieux voyagent dans des vaisseaux de nuages, et les sages villageois connaissent des légendes qui les retiennent de passer dans certaines montagnes la nuit, lorsqu'il y a des nuages, car les dieux ne sont pas aussi cléments qu'autrefois. A Ulthar, de l'autre côté de la rivière Skaï, habitait autrefois un vieil homme désireux de contempler les dieux de la terre. Un homme très érudit, qui connaissait les sept livres secrets de la terre, un familier des manuscrits de la ville lointaine et pétrifiée de Lomar. Son nom : Barzai le Sage. Les villageois racontent comment, la nuit d'une éclipse bizarre, il escalada la montagne.

Il savait tant de choses sur les dieux et sur leurs allées et venues, il devinait si bien leurs secrets, qu'on pensait qu'il était lui-même un demi-dieu.

Ce fut lui qui conseilla aux bourgeois d'Ulthar de rédiger leur loi contre le meurtre des chats, et qui révéla au jeune prêtre Atal où se rendent les chats noirs, à minuit, la nuit de la Saint-Jean. Barzai était instruit dans la science des dieux de la terre, et possédé du désir de voir leur visage. Il pensait que sa grande connaissance des dieux le protégerait de leur colère. Aussi décida-t-il de monter au sommet rocheux du Hatheg-Kla, une nuit où il était sûr que les dieux y seraient.

Le Hatheg-Kla se trouve dans le désert rocailleux au-delà de Hatheg, dont il porte le nom, et s'élève comme une statue de pierre au fond d'un temple silencieux. Il y a toujours des brumes qui enveloppent son sommet, car les brumes sont les souvenirs des dieux, et les dieux aimaient bien Hatheg à l'époque... Souvent les dieux de la terre rendent visite au Hatheg dans leurs vaisseaux de nuages, répandant de pâles vapeurs sur les pentes tandis qu'ils dansent au sommet parmi leurs souvenirs, quand la lune est claire. Les villageois de Hatheg prétendent qu'il est imprudent d'escalader le Hatheg en temps normal, et qu'il y a danger de mort à l'escalader la nuit, quand les pâles vapeurs dérobent le sommet à la lumière de la lune.

Mais Barzai ne les écouta pas quand il arriva d'Ulthar en compagnie du jeune prêtre Atal, qui était son disciple. Atal n'était qu'un fils d'aubergiste, et il avait quelquefois peur, mais le père de Barzai, lui, avait été un seigneur, dans un château ancien ; c'est pourquoi Barzai n'avait pas de superstitions aussi ordinaires. Il se moquait des villageois craintifs. Les deux hommes quittèrent la ville et s'enfoncèrent dans le désert de pierres, malgré les lamentations des paysans. La nuit, près de leur feu de camp, ils parlaient des dieux. Ils voyagèrent ainsi pendant plusieurs jours, et virent de loin le majestueux Hatheg-Kla, auréolé de brume. Le treizième jour, ils parvinrent au pied de la montagne, et Atal fit état de ses craintes. Mais Barzai était vieux et savant. Il n'avait pas peur. Audacieusement, il ouvrit la route en escaladant la pente qu'aucun homme n'avait foulée depuis l'époque de Sansu (à qui il est fait allusion avec terreur dans les manuscrits pnakotiques).

Le chemin était rocheux et rendu dangereux par des crevasses, des rocs et des chutes de pierres. Puis le temps devint froid et neigeux. Barzai et Atal glissaient et tombaient souvent tandis qu'ils grimpaient avec leurs bâtons et leurs haches. Enfin, l'air se raréfia et le ciel changea de couleur. Les grimpeurs eurent de la difficulté à respirer. Mais ils continuèrent à progresser, émerveillés de l'étrangeté du paysage, excités à l'idée de ce qui arriverait au sommet quand la lune brillerait et que les pâles vapeurs se répandraient.

Pendant trois jours, ils continuèrent à grimper vers le toit du monde, puis ils campèrent pour attendre que la lune se couvrît de nuages. Pendant quatre nuits il n'y eut aucun nuage, et la lune brilla froidement à travers les fines brumes qui entouraient le sommet silencieux. Puis la cinquième nuit, qui était celle de la pleine lune, Barzai vit des nuées épaisses arriver du nord, et veilla avec Atal pour les voir s'approcher. Elles voguaient, épaisses et mystérieuses, sur un rythme délibérément lent. Elles se disposèrent autour du pic, bien au-dessus des veilleurs, dissimulant la lune et le sommet à leurs regards. Les deux hommes fixèrent le spectacle une longue heure durant, tandis que les vapeurs tourbillonnaient et que l'écran des nuages s'épaississait.

Barzai connaissait les habitudes des dieux de la terre. Il écoutait avec attention, mais Atal sentait le froid des brumes humides, et il avait peur. Quand Barzai se mit à grimper plus haut et à lui faire signe, Atal mit longtemps à le suivre. Les vapeurs étaient tellement épaisses que le chemin était difficile. Lorsque, enfin, il se mit en route, Atal voyait à peine la forme grise de Barzai sur la pente, dans la lueur nuageuse de la lune. Barzai était assez loin en avant, et semblait grimper beaucoup plus facilement qu'Atal, malgré son âge. Il ne craignait pas l'altitude, qui devenait insupportable, et il n'hésitait pas devant les larges crevasses noires qu'Atal avait du mal à franchir. Ils continuèrent donc à monter par-dessus les rocs et les gouffres dangereux, parfois effrayés de l'ampleur du silence des sommets glacés et désolés et des hauteurs de granit. Tout à coup, Barzai disparut du champ visuel d'Atal, escaladant une paroi qui semblait émerger pour barrer le passage à quiconque n'était pas un admirateur des dieux de la terre. Atal se trouvait bien au-dessous, et se demandait ce qu'il ferait lorsqu'il arriverait à cet endroit, quand il remarqua que la lumière s'était curieusement intensifiée, comme si le sommet sans nuages, rendez-vous des dieux éclairé par la lune, était tout proche. Et tandis qu'il grimpait vers la paroi proéminente et vers le ciel éclairé, une terreur immense s'empara de lui. C'est alors qu'à travers les brumes il entendit la voix de Barzai qui criait avec ravissement :

« J'ai entendu les dieux. J'ai entendu les dieux de la terre chanter sur le Hatheg-Kla. Les voix des dieux de la terre sont à présent connues de Barzai le Prophète ! Les brumes sont légères et la lune est brillante, et je verrai les dieux danser au sommet qu'ils ont tant aimé dans leur jeunesse. La sagesse de Barzai l'a rendu plus grand que les dieux de la terre, et contre sa volonté leurs charmes et leurs barrières ne pourront rien. Barzai contemplera les dieux, les dieux orgueilleux, les dieux qui méprisent la vue de l'homme. »

Atal ne pouvait entendre ces voix, mais il était maintenant tout près de la paroi proéminente, et cherchait des prises. Puis il entendit la voix de Barzai devenir plus forte et plus aiguë.

« La brume est très légère et la lune projette des

ombres sur la pente, les voix des dieux de la terre sont fortes, et ils craignent la venue de Barzai le Sage, qui est plus grand qu'eux. La lueur de la lune vacille, pendant que les dieux dansent. Je vais voir leurs silhouettes danser et se déchaîner à la lueur de la lune... La lumière est plus faible et les dieux ont peur. »

Tandis que Barzai criait ces paroles, Atal progressait vers le sommet comme si les lois de la terre s'inclinaient devant d'autres lois plus fortes. Car si le chemin était plus escarpé que jamais, la voie était à présent rendue étrangement facile, et l'escarpement fut à peine un obstacle quand il l'atteignit et se laissa glisser sur la paroi. La lueur de la lune avait bizarrement diminué, et tandis qu'Atal continuait à monter à travers les brumes, il entendit son compagnon hurler dans les ténèbres :

« La lune est sombre et les dieux dansent dans la nuit. Il y a de la terreur dans le ciel, car sur la lune s'est abattue une éclipse qu'aucun livre humain ou divin n'a jamais prédite. Une magie inconnue règne sur le Hatheg, car les cris des dieux effrayés se sont transformés en rires, et les pentes de glace montent dans les cieux noirs vers lesquels je me dirige. Hei ! Hei ! Enfin ! Dans la lueur incertaine, j'aperçois les dieux de la terre. »

C'est alors qu'Atal, glissant sur des pentes vertigineuses, entendit dans l'obscurité un rire épouvantable mêlé à un cri jamais entendu, si ce n'est dans le Phlégéthon des cauchemars indicibles. Un cri où se reflétaient toute l'horreur et toute l'angoisse d'une vie entière, rassemblées dans un seul moment.

« Les autres dieux, les dieux des enfers extérieurs qui protègent les faibles dieux de la terre ! Ne regarde pas ! Retourne-t'en ! Ne regarde pas ! La vengeance des abîmes infinis ! Ce gouffre maudit et damné... Dieux miséricordieux de la terre !... Je tombe dans le ciel ! »

Et tandis qu'Atal fermait les yeux, se bouchait les oreilles et essayait de fuir pour échapper à l'attraction puissante des hauteurs inconnues, un orage terrible éclata sur le Hatheg-Kla, qui réveilla les braves villageois des plaines et les bons bourgeois de Hatheg, Nir et Ulthar, et leur fit contempler à travers les nuages cette étrange éclipse de lune qu'aucun livre n'avait prévue. Quand la lune disparut enfin, Atal était en sécurité sur les glaciers inférieurs de la montagne, hors de la vue des dieux de la terre ou des autres dieux.

Or, il est dit dans les manuscrits pnakotiques que Sansu ne trouva rien d'autre que de la glace et du roc quand il escalada le Hatheg-Kla aux premiers âges du monde. Pourtant, quand les hommes d'Ulthar, de Nir et de Hatheg surmontèrent leurs craintes et gravirent la montagne, de jour, à la recherche de Barzai le Sage, ils trouvèrent, gravé dans la pierre du sommet, un curieux symbole cyclopéen de cinquante coudées de large, comme si la roche avait été travaillée par un ciseau titanesque. Et le symbole ressemblait à ce que les érudits ont relevé dans les parties des manuscrits pnakotiques trop anciennes pour être déchiffrées.

On ne retrouva jamais Barzai le Sage, et jamais Atal le saint prêtre ne put prier pour le repos de son âme. Depuis, et jusqu'à ce jour, les peuples d'Ulthar, de Nir et de Hatheg ont peur des éclipses, et prient la nuit quand de pâles vapeurs cachent le sommet de la montagne et la lune. Et au-dessus des brumes du Hatheg-Kla, les dieux de la terre dansent parfois avec leurs souvenirs, car ils savent qu'ils sont en sécurité. Ils aiment venir de Kadath l'inconnue, sur leurs vaisseaux de nuages, jouer comme dans l'ancien temps, lorsque la terre était jeune et que les hommes ne gravissaient pas les cimes inaccessibles.

L'ÉTRANGE MAISON HAUTE DANS LA BRUME

Chaque matin, près des falaises de Kingsport, une étrange brume monte de la mer. Blanche et duveteuse, elle s'élève des profondeurs vers ses frères les nuages, toute pleine de rêves de pâturages humides et de cavernes de Léviathan. Et lorsque, plus tard, les calmes pluies d'été tombent sur les toits qui abritent les poètes, ces nuages éparpillent des bribes de rêves pour que les hommes ne vivent pas sans avoir vent des mystères anciens, ou des merveilles que durant la nuit les planètes racontent aux autres planètes.

Quand les contes s'épaississent et se font nombreux dans les grottes des Tritons, et que les conques, dans les cités d'algues marines, font résonner de vieux airs enseignés par les anciens, alors des brumes impatientes se rassemblent dans les cieux, chargées de connaissances et de secrets. Et ceux qui, des rochers, regardent vers l'océan, ne voient qu'une blancheur mystique, comme si le bord de la falaise était le bord du monde, et comme si les cloches solennelles des balises tintaient dans un éther de féerie.

Au nord de Kingsport, la ville archaïque, les hauts rochers s'élèvent curieusement en paliers, jusqu'à ce que l'ultime faîte du nord paraisse suspendu dans le ciel comme un nuage gris de glace. Il est seul, sommet isolé, saillant dans l'espace illimité. A cet endroit, la côte tourne brusquement, là où le grand Miskatonic se jette dans la mer après avoir traversé les plaines, au-delà d'Arkham, apportant avec lui les légendes et les curieux souvenirs des bois et des collines de la Nouvelle-Angleterre.

Les gens de mer de Kingsport lèvent les yeux vers la falaise, comme d'autres vers l'étoile Polaire. Ils règlent la durée des tours de garde de nuit suivant la façon dont elle cache ou laisse voir la Grande Ourse, Cassiopée et le Dragon. Pour ces gens, la falaise fait partie du firmament, et en vérité elle ne disparaît à leurs yeux que lorsque la brume cache les étoiles ou le soleil. Ils ont de l'affection pour certaines falaises, par exemple celle aux contours grotesques qu'ils appellent le Père Neptune, ou celle dont ils désignent la succession de piliers par la Chaussée, mais celle qui est si proche du ciel, ils en ont peur. Les marins portugais arrivant de voyage se signent dès qu'ils l'aperçoivent, et les vieux Yankees pensent que l'escalader, si toutefois c'était possible, serait plus terrible que la mort.

Il y a cependant une vieille maison au sommet de cette falaise, et le soir, on peut voir briller de la lumière derrière ses fenêtres losangées. Cette maison a toujours été là. Les gens disent que celui qui y demeure converse avec les brumes matinales qui s'élèvent des profondeurs. Il aurait découvert sur l'océan des choses curieuses à ce moment où le bord de la falaise se confond avec le bord du monde tout entier, quand les cloches solennelles des balises se mettent à tinter dans l'éther blanc de féerie. Cela, ils en parlent par ouï-dire, car ce rocher interdit n'a jamais été exploré, et les gens du pays évitent soigneusement de diriger leurs télescopes vers lui. Les équipages qui mouillent pour l'été l'ont scruté avec des jumelles, mais ils n'ont jamais rien vu de plus que le vieux toit gris pointu, couvert de bardeaux dont les auvents descendent presque jusqu'aux fondations, et la faible lueur jaune filtrant des petites fenêtres, dans le soir. Ceux qui viennent l'été ne croient pas qu'« Il » vive dans cette maison depuis des centaines d'années, mais ils sont incapables de donner la preuve de leur opinion hérétique aux habitants de Kingsport. Même le Vieil Homme terrible, qui parle à des pendules de plomb logées dans des bouteilles, qui achète ses provisions avec des pièces d'or espagnoles séculaires et qui conserve des idoles de pierre dans la cour de sa maison antédiluvienne de Water Street, ne peut qu'affirmer que les choses étaient déjà ainsi quand son grand-père n'était qu'un petit garçon, et qu'elles devaient l'être des siècles auparavant, quand Belcher, Shirley, Pownal étaient les gouverneurs de Sa Majesté pour la province du Massachusetts. Puis un été, un philosophe vint à Kingsport. Il s'appelait Thomas Olney, et il enseignait des choses ennuyeuses dans une université de la baie de Narragansett. Il arriva avec une épouse corpulente et des enfants turbulents. Ses yeux et son âme étaient fatigués d'avoir toujours eu les mêmes pensées bien disciplinées. Il contempla les brumes sur le diadème du Père Neptune et essaya de pénétrer dans les univers de blancs mystères, le long des gradins gigantesques de la Chaussée. Matin après matin, il restait allongé sur les falaises à regarder, par-dessus le bord du monde, l'éther cryptique et lointain, et à écouter les cloches spectrales et les cris sauvages des mouettes. Dès que la brume se levait et que la mer était rendue monotone par la fumée des bateaux à vapeur, il soupirait et redescendait en ville, où il aimait à se promener dans les petites ruelles étroites et anciennes qui montent et descendent la colline, et étudier les pignons branlants et les portes aux curieuses colonnes qui avaient abrité tant de générations de marins vigoureux. Et il parlait même avec le Vieil Homme terrible qui n'aimait pas les étrangers, et qui l'invita dans sa maison incroyablement archaïque, où les plafonds bas et les lambris rongés de vers étaient témoins pendant les heures de la nuit de soliloques inquiétants.

Bien entendu, il était inévitable qu'Olney remarquât la maison grise et mystérieuse, perdue sur ce sinistre rocher qui ne fait qu'un avec les brumes et le firmament. Le mystère qui entourait l'étrange habitation avait toujours été chuchoté dans les ruelles sinueuses de Kingsport. Le Vieil Homme terrible racontait d'une voix asthmatique l'histoire qu'il tenait de son père, qui avait aperçu une nuit un éclair immense surgir de cette maison aux toits pointus et s'élever vers les nuages du ciel.

Grand-mère Orne, dont la petite demeure dans Ship Street est toute couverte de mousse et de lierre, racontait que sa grand-mère avait entendu dire que des formes étranges de brume s'envolaient et entraient directement par la porte étroite et unique de cet endroit inaccessible — car la porte se trouve au bord de la falaise, côté océan, et n'est visible que des bateaux.

A la fin, curieux d'apprendre des choses nouvelles, et aucunement retenu par la peur des habitants de Kingsport ou par la paresse habituelle des estivants, Olney prit une décision terrible. Malgré son éducation conservatrice, ou à cause d'elle, car les existences routinières nourrissent des désirs silencieux pour l'inconnu, il fit le serment d'escalader cette falaise interdite et de visiter l'antique maison grise qui se dressait dans le ciel. A juste titre, la partie la plus rationnelle de sa personnalité lui suggérait que les habitants du lieu devaient y accéder depuis l'intérieur du pays. Ils devaient, sans doute, emprunter une voie longeant la crête la plus proche de l'estuaire du Miskatonic. Probablement faisaient-ils leurs achats à Arkham, sachant combien les habitants de Kingsport aimaient peu leur maison, ou peut-être étaient-ils simplement incapables de descendre la falaise du côté de la cité.

Olney marcha le long des falaises plus basses jusqu'à l'endroit où le grand rocher s'élevait insolemment pour se marier avec les choses célestes. Il s'assura qu'aucune force humaine ne pouvait l'escalader ou le descendre, côté sud, par cette pente menaçante. A l'est et au nord, le roc, également impraticable, s'élevait à des milliers de pieds, perpendiculairement à l'eau. Il ne restait que le flanc ouest, tourné vers l'intérieur en direction d'Arkham.

Tôt un matin d'août, Olney se mit en route pour rechercher un chemin menant vers le pinacle inaccessible. Il marcha en direction du nord-ouest le long de routes agréables. Il dépassa la mare de Hooper et la vieille poudrerie de brique, jusqu'à l'endroit où les pâturages s'élèvent vers la crête dominant le Miskatonic, d'où l'on a une vue admirable sur les clochers blancs d'Arkham. Là, il trouva une route ombragée qui menait vers cette cité, mais point d'autre piste en direction de la mer, ainsi qu'il l'avait souhaité. Des bois et des champs dévalaient jusqu'à l'embouchure du fleuve. Il n'y avait aucun signe de présence humaine, pas même un mur de pierre ou une vache solitaire, seulement l'herbe haute, les arbres géants et les enchevêtrements de ronces que les premiers Indiens avaient dû voir. Tandis qu'il grimpait lentement à l'est, de plus en plus haut au-dessus de l'estuaire qui se trouvait à sa gauche, pour se rapprocher de la mer, il découvrit que le chemin devenait de moins en moins facile d'accès et il finit par se demander comment les habitants de cet endroit détesté pouvaient bien s'y prendre pour atteindre le monde extérieur et se rendre au marché d'Arkham. Puis les arbres se raréfièrent, et loin au-dessous de lui sur sa droite, il vit les collines, les vieux toits et les flèches de Kingsport. Même la colline de Central était minuscule, vue de cette hauteur, et il pouvait à peine discerner le vieux cimetière, près de l'hôpital de la Congrégation, sous lequel, selon la rumeur, se dissimulent des caves et des cryptes terrifiantes. Devant lui s'étendaient une herbe épaisse, des buissons de ronces et de mûres, et au-delà le roc nu de la falaise et le toit pointu de la redoutable maison grise. A présent, la crête se rétrécissait, et Olney se sentit mal à l'aise à cause de sa solitude sous le ciel hostile, près du précipice effrayant, au-dessus de Kingsport, au sud, et de la paroi verticale qui faisait presque un kilomètre de haut à l'embouchure de la rivière, au nord. Tout à coup, il découvrit un trou béant devant lui. Il y descendit en se suspendant par les mains jusqu'à une profondeur de trois mètres environ, et ensuite rampa dangereusement le long d'un défilé naturel sur la paroi opposée. Ainsi, c'était là la manière dont les habitants de cette maison fantastique voyageaient entre ciel et terre! Quand il émergea du gouffre, une brume matinale se formait, mais il vit distinctement la maison haute et impie devant lui, les murs aussi gris que le rocher et son sommet qui s'élevait audacieusement au milieu du blanc laiteux des vapeurs marines. Et il remarqua qu'il n'y avait pas de porte du côté des terres, mais seulement quelques petites fenêtres à croisillons avec des vitres opaques en œil-de-bœuf, plombées à la mode du XVIIe siècle. Tout autour de lui, ce n'était qu'un chaos de nuages ; il n'apercevait rien d'autre que la blancheur de l'espace sans limites. Il était seul dans le ciel avec cette curieuse et très troublante maison. Après avoir longé l'enceinte jusqu'à la façade, il vit que le mur ne faisait qu'un avec la paroi de la falaise, si bien que l'étroite porte ne pouvait être atteinte que par les airs. Il en ressentit une terreur que l'altitude seule ne pouvait expliquer. N'était-il pas très étrange que des bardeaux aussi rongés par les vers aient survécu au temps, et que des briques aussi croulantes forment une cheminée qui tienne encore debout ? Comme la brume s'épaississait, Olney fit le tour de la maison jusqu'aux fenêtres des côtés nord, ouest et sud, qu'il trouva toutes verrouillées. Il en fut vaguement content, car plus il voyait cette maison, moins il désirait y pénétrer. C'est alors qu'un son le fit sursauter. Il entendit un grincement de serrure, un long grincement, comme si une lourde porte était lentement et prudemment ouverte, et un claquement de loquet suivit. Cela se passait du côté de l'océan, là où l'étroite porte s'ouvrait sur l'espace vide à des milliers de pieds au-dessus des vagues, dans le ciel brumeux. Puis il y eut un piétinement lourd et décidé dans la maison, et Olney entendit les fenêtres s'ouvrir, d'abord sur le côté nord, en face de lui, puis à l'ouest, de l'autre côté. Quand un tâtonnement se rapprocha du châssis le plus proche de lui, il se faufila vers le côté ouest et s'aplatit contre le mur, à côté des fenêtres à présent ouvertes. Il était évident que le propriétaire était rentré, mais il était évident aussi qu'il n'était pas arrivé par la terre, ni par quelque ballon ou aéronef qu'on pût imaginer. Des pas résonnèrent de nouveau. Olney contourna l'habitation par le nord, mais avant qu'il eût pu trouver un abri, une voix appela doucement, et il sut qu'il allait rencontrer son hôte. Penché à la fenêtre ouest, il y avait un grand visage à la barbe noire, dont les yeux phosphorescents portaient l'empreinte de spectacles inouïs. Mais la voix était douce, curieusement désuète, si bien qu'Olney ne frissonna pas quand une main brune se tendit vers lui pour l'aider à pénétrer dans cette étrange pièce basse aux boiseries de chêne noir et aux meubles de style Tudor. L'homme était vêtu de vêtements très anciens. Il était comme auréolé par la science des mers et par des rêves de hauts galions. Olney ne se souvint ni de toutes les merveilles qu'il lui raconta, ni même qui il était, mais il affirma que l'homme était bienveillant, plein de la magie des songes insondables du temps et de l'espace. La petite pièce semblait verte. Elle paraissait éclairée par une faible lueur aquatique, et Olney vit que les fenêtres qui donnaient à l'est n'étaient pas ouvertes, mais fermées, pour la protéger de la brume, par des vitres épaisses et ternes comme le fond des vieilles bouteilles. L'hôte barbu avait l'air jeune, mais son regard semblait provenir du fin fond des temps. D'après les légendes qu'il racontait sur d'extraordinaires choses anciennes, on pouvait deviner que les gens du village avaient raison de dire qu'il avait été en communication avec les brumes de la mer et les nuages du ciel depuis la naissance du premier village capable de contempler de la plaine sa retraite solitaire.

La journée finissait, et Olney écoutait encore les histoires des temps anciens et des lieux éloignés. Il apprit comment les rois de l'Atlantide avaient combattu les êtres gluants et impies qui étaient sortis en rampant des crevasses du fond de l'océan, et comment le temple à colonnes couvert d'algues de Poséidon peut encore être aperçu à minuit par les bateaux en détresse, qui savent, en le voyant, qu'ils sont perdus. L'époque des Tritons fut évoquée, mais l'hôte devint hésitant lorsqu'il parla des premiers âges précédant la naissance des dieux, ou même des anciens dieux, quand les *autres dieux* venaient danser au sommet du Hatheg-Kla, dans le désert de pierres près d'Ulthar, de l'autre côté de la rivière Skaï. C'est à ce moment qu'on entendit frapper à la porte, à cette ancienne porte de chêne cloutée, au-delà de laquelle il n'y avait que l'abîme de nuages blancs. Olney sursauta de peur, mais l'homme à la barbe lui fit signe de rester calme. Il alla sur la pointe des pieds jusqu'à la porte pour regarder à travers le judas. Ce qu'il y vit lui déplut, car il pressa son doigt sur ses lèvres et revint sur la pointe des pieds fermer toutes les fenêtres avant de retourner s'asseoir sur l'antique siège, près de son invité. Olney aperçut alors une bizarre silhouette noire s'attarder à la vitre translucide de chacune des petites fenêtres, et il fut content que son hôte n'eût pas répondu aux coups frappés à la porte. Car il y a trop de choses étranges et imprévisibles dans le grand Infini, et celui qui est à la recherche des rêves doit éviter d'éveiller ou de rencontrer ceux qu'il ne faut pas.

Puis les ombres commencèrent à se rassembler. D'abord les petites ombres furtives qui se cachaient sous la table, puis d'autres plus audacieuses dans les sombres coins lambrissés. L'homme à la barbe fit alors des gestes de prières énigmatiques, et alluma de grandes bougies dans des chandeliers de cuivre curieusement ouvragés. Il lançait de fréquents coups d'œil vers la porte comme s'il guettait quelqu'un. Son attente ne fut pas vaine puisque l'on entendit bientôt frapper à la porte d'une façon singulière, selon un code sans doute secret et très ancien. Cette fois il ne vérifia pas même par le judas, mais poussa la grande barre de chêne, fit tourner la serrure et déverrouilla la lourde porte, l'ouvrant toute grande aux étoiles et à la brume. A cet instant, un flot d'harmonie obscure pénétra dans la pièce puis, venus des profondeurs océanes, tous les rêves et les souvenirs des Puissants disparus de la terre. Et des flammes dorées jouèrent sur les chevelures d'algues, si bien qu'Olney fut ébloui et leur rendit hommage. Neptune était là avec son trident, et les Tritons joueurs et les Néréides fantastiques. Sur le dos des dauphins se balançait un vaste coquillage à l'intérieur duquel il y avait la forme grise et terrible du primitif Nodens, le maître du Grand Gouffre. Les conques et les Tritons firent entendre de curieux bruits, et les Néréides émirent d'étranges sons en frappant sur les coquilles de monstres inconnus qui se dissimulent dans les noires cavernes marines. Le vénérable Nodens, alors, étendit sa main flétrie et aida

Olney et son hôte à pénétrer dans le vaste coquillage. Les conques et les gongs firent entendre une clameur sauvage et effrayante. Le fabuleux équipage s'élança dans l'éther sans limites, tandis que le bruit de ses cris se perdait dans les échos du tonnerre.

Toute la nuit, à Kingsport, on observa la falaise élevée chaque fois que la tempête et les brumes le permettaient. Lorsque, vers l'aube, les petites fenêtres s'assombrirent, on parla à voix basse de malheur et de désastre. Et les enfants et la femme corpulente d'Olney adressèrent leurs implorations au dieu des Baptistes, et prièrent pour que le voyageur trouvât à emprunter un parapluie et des caoutchoucs, à moins que la pluie ne s'arrêtât d'ici le matin. Puis l'aurore sortit de la mer, dégoulinante d'eau et couronnée de brume, et les balises tintèrent solennellement dans les tourbillons de l'éther blanc. Et à midi, les cors des elfes résonnèrent au-dessus de l'océan tandis qu'Olney, descendant des falaises, sec et chaussé légèrement, faisait son entrée dans Kingsport avec l'air de quelqu'un qui a vu des pays lointains. Il fut incapable de se souvenir de ce qu'il avait rêvé dans la cabane de l'ermite sans nom, perchée dans le ciel, pas plus qu'il ne sut dire comment il était descendu de ce rocher où l'homme n'avait jamais mis les pieds. Il ne parla jamais de son aventure, excepté avec le Vieil Homme terrible, qui murmura dès lors des choses curieuses dans sa longue barbe blanche, jurant que l'homme qui était descendu de la falaise n'était plus le même que celui qui y était monté, et que l'esprit perdu de celui qui s'appelait Thomas Olney flottait là-haut, soit sous le toit gris et pointu, soit parmi les hauteurs inconcevables de cette sinistre brume blanche.

Et depuis ce jour, au travers de longues années de grisaille et de lassitude, le philosophe a travaillé, mangé, dormi et accompli sans se plaindre tous les actes d'un citoyen. Il ne se languit plus de la magie des collines lointaines, et ne soupire plus après les secrets qui émergent comme des récifs verts d'une mer sans fond. La monotonie de sa vie ne lui cause plus de tristesse et ses pensées bien disciplinées suffisent à son imagination.

Son épouse devient plus corpulente, ses enfants plus grands, plus turbulents, et il ne manque jamais, lorsque l'occasion s'en présente, de montrer qu'il est fier d'eux. Dans son regard, il n'y a pas de lueur d'inquiétude, et s'il écoute parfois les cloches solennelles ou les trompes des elfes lointains, c'est seulement la nuit, quand errent de vieux rêves. Il n'a jamais revu Kingsport, car sa famille n'aimait pas les vieilles maisons, et se plaignait de ce que les tuyaux fonctionnaient mal. Ils ont maintenant un bungalow à Bristol Highlands, où il n'y a pas de falaises élevées, et où les voisins sont modernes et civilisés.

Mais à Kingsport d'étranges histoires circulent. Et même le Vieil Homme terrible admet quelque chose que son grand-père ne lui a pas raconté ; car maintenant, quand le vent du nord souffle avec bruit au-dessus de l'ancienne maison qui se confond avec le firmament, le silence inquiétant et menaçant, qui existait bien avant la peste qui ravagea le village de Kingsport, est enfin rompu. Et les vieilles gens parlent des voix joyeuses qu'ils entendent chanter et d'un rire qui résonne de joies supraterrestres. Ils disent que le soir les fenêtres sont plus éclairées qu'auparavant. Ils disent encore que l'aurore vient plus souvent en ce lieu, drapée de couleurs bleues brillantes, avec des visions d'univers gelé, tandis que le rocher et la maison se détachent, noirs et fantastiques, sur un décor échevelé. Et les brumes de l'aube sont plus épaisses. Quant aux marins, ils ne sont plus absolument sûrs que les tintements étouffés de la mer soient ceux des balises. Le plus curieux de tout, cependant, c'est la disparition des anciennes craintes dans le cœur des jeunes gens de Kingsport. Ils sont enclins maintenant à écouter la nuit les bruits vagues du vent du nord, et ils jurent que ni le mal ni la douleur ne peuvent habiter la vieille maison au toit pointu, car la joie résonne dans ces nouvelles voix, et avec elles le tintement des rires et de la musique. Ils ne savent pas quelle légende les brumes marines peuvent apporter à ce pinacle hanté, mais ils désirent ardemment connaître les merveilles qui frappent à la porte béante de la falaise quand les nuages sont très épais. Aussi les vieux craignent-ils qu'un jour ils n'essaient de grimper, l'un après l'autre, vers ce pic inaccessible, dans le ciel, pour y découvrir le secret séculaire caché sous le toit pointu à bardeaux qui fait partie des rochers, des étoiles, et des anciennes craintes de Kingsport. Ils ne doutent pas que ces jeunes gens aventureux reviendront, mais ils pensent qu'une lueur disparaîtra de leur regard, et la volonté quittera leur cœur. Ils souhaitent que le vieux Kingsport, avec ses ruelles abruptes et ses pignons archaïques, continue d'exister, et ne tombe pas dans l'apathie, tandis que s'amplifierait le chœur des rires dans ce terrible nid d'aigle inconnu où les brumes et les rêves s'arrêtent pour se reposer au cours de leurs voyages de la mer vers les cieux. Ils ne veulent pas que les âmes de leurs jeunes hommes quittent les foyers agréables et les tavernes aux toits à croupe du vieux Kingsport, pas plus qu'ils ne désirent que les rites et les chansons de cet endroit rocheux augmentent d'intensité. Car, de même que la voix est venue apporter de nouvelles brumes de la mer et de nouvelles lumières du nord, ils disent que d'autres voix apporteront encore plus de brumes et plus de lumières, jusqu'à ce que peut-être les Anciens Dieux (auxquels ils font allusion seulement en chuchotant, de crainte que le pasteur ne les entende) sortent des profondeurs inconnues du désert de Kadath, pour s'installer sur le rocher si proche des collines et des vallées riantes de ce peuple tranquille de pêcheurs. Ils n'aspirent à rien de tout cela, car, pour les gens simples, les choses qui ne sont pas terrestres ne sont pas les bienvenues, et en outre, le Vieil Homme terrible rappelle souvent ce qu'Olney disait de ces coups que le locataire redoutait et de la forme noire et inquisitrice qui se découpait dans la brume, à travers les étranges vitres, opaques et plombées, des fenêtres en œil-de-bœuf.

Cependant, seuls les anciens peuvent décider de ces choses. Et pendant ce temps, la brume matinale s'élève toujours au-dessus de ce pic solitaire et vertigineux surmonté par l'antique maison, la maison grise aux auvents bas, où l'on ne voit personne, mais où le soir apporte des lumières furtives, tandis que le vent du nord se fait l'écho d'étranges divertissements. Blanche et duveteuse, la brume s'élève des profondeurs vers ses frères les nuages, pleine de rêves de pâturages humides et de cavernes de Léviathan. Et lorsque les contes s'épaississent et se font nombreux dans les grottes des Tritons, et que les conques, dans les cités d'algues marines, font résonner de vieux airs enseignés par les anciens, alors des brumes impatientes se rassemblent dans les cieux, chargées de connaissances et de secrets. Et ceux qui, de Kingsport, nichée inconfortablement sur les falaises inférieures au-dessous de cette redoutable sentinelle de pierre, regardent vers l'océan, ceux-là ne voient qu'une blancheur mystique, comme si le bord de la falaise était le bord du monde, et comme si les cloches solennelles des balises résonnaient dans un éther de féerie.

CELEPHAIS

En rêve, Kuranes contempla la cité dans la vallée. La côte s'étendant derrière le pic neigeux qui domine la mer, et les galères aux couleurs gaies qui sortent du port pour aller vers les régions lointaines où le ciel et la mer se rejoignent. Ce fut également en rêve qu'il acquit ce nom de Kuranes, car lorsqu'il s'éveilla, il constata qu'on l'appelait autrement. Peut-être était-ce pour lui chose naturelle que de rêver d'un nouveau nom, car, dernier descendant d'une famille, et seul parmi les millions d'habitants indifférents de Londres, rares étaient ceux qui lui parlaient pour lui rappeler qui il avait été. Il avait perdu ses terres et son argent, et n'aimait guère les manières des gens qui l'entouraient. Il préférait rêver et transcrire ses rêves. Ceux à qui il montrait ses écrits se moquaient de lui, si bien qu'il les garda pour lui seul, et finalement cessa d'écrire. Plus il s'éloignait du monde qui l'entourait, et plus ses rêves devenaient merveilleux : il aurait donc été vain d'essayer de les coucher sur le papier. Kuranes n'était pas moderne, il ne pensait pas de la même façon que ceux qui écrivent. Tandis que ceux-ci s'efforcent de dépouiller la vie des voiles brodés des mythes qui l'entourent, montrant dans sa laideur cette triste chose qu'est la réalité, Kuranes recherchait uniquement la beauté. Quand la vérité et l'expérience n'eurent pas réussi à la lui révéler, il la chercha dans l'imagination et dans l'illusion, et la trouva toute proche, parmi les souvenirs nébuleux des contes et des rêves de son enfance. Enfant, nous écoutons et nous rêvons, nous avons des pensées encore floues, et quand, une fois adultes, nous essayons de les faire revivre en notre mémoire, le poison prosaïque de la vie ternit ces visions. Mais certains d'entre nous s'éveillent la nuit avec d'étranges phantasmes de collines et de jardins enchantés, de fontaines chantant dans le soleil, de falaises dorées qui surplombent des mers calmes, de plaines qui s'étendent jusqu'au pied de cités endormies et de régions de héros qui galopent sur des chevaux blancs caparaçonnés à l'orée de forêts épaisses. Alors, nous savons que nous sommes retournés en arrière, par des portes d'ivoire, dans ce monde merveilleux qui fut le nôtre avant l'âge de raison, qui est celui de la tristesse.

Kuranes revint très brusquement dans l'univers de son enfance. Il avait « revu » la maison où il était né, la vaste demeure de pierre couverte de lierre où treize générations de ses ancêtres avaient vécu et où il avait espéré mourir. Le clair de lune resplendissait, et il était sorti dans la nuit d'été parfumée. Il avait traversé les jardins, descendu les terrasses, longé l'allée de chênes du parc et marché sur la longue route blanche qui mène au village. Celui-ci semblait ancien. Kuranes se demanda si les toits pointus des petites maisons cachaient le sommeil ou la mort. Dans les rues, une herbe haute poussait. De chaque côté, des fenêtres aux vitres brisées. Kuranes ne s'était pas attardé. Comme poussé vers un but, il avait poursuivi son chemin. Puis il avait été attiré dans une ruelle qui montait aux falaises, et était arrivé, enfin, au précipice où le village et le monde entier tombaient à pic dans le vide sans écho de l'infini. Là où même le ciel était vide, sans lune et sans étoiles. La foi l'avait poussé à continuer au-dessus du précipice et dans le gouffre où il était descendu en flottant.

Il avait contemplé des rêves sombres et sans forme, des sphères vaguement éclairées qui pouvaient être des rêves à moitié rêvés, des choses ailées qui riaient et semblaient se moquer de tous les rêveurs de l'univers. Puis une déchirure parut s'ouvrir dans l'obscurité devant lui, et il revit, au loin, la cité dans la vallée, radieuse et étincelante au-dessous de lui, avec la mer et le ciel à l'arrière-plan, et une montagne au sommet neigeux près du rivage. Kuranes se réveilla à ce moment précis. Mais il savait déjà que ce qu'il avait vu n'était autre chose que Celephais, dans la vallée d'Ooth-Nargai, de l'autre côté des collines de Tanarie, où son esprit était demeuré l'éternité d'une heure par un après-midi d'été, il y avait bien longtemps. Il s'était éloigné de sa nurse et, étendu sur une proche falaise, il avait laissé la chaude brise marine le bercer et l'endormir. Il avait protesté quand on l'avait retrouvé, réveillé, et reconduit à la maison, car, au moment où on l'avait réveillé, il était sur le point de s'embarquer sur une galère dorée vers ces régions attirantes où le ciel et la mer se rencontrent. Et à présent, il était également furieux de s'éveiller, car il avait retrouvé sa fabuleuse cité, après quarante pénibles années.

Trois nuits plus tard, Kuranes revint à Celephais. Comme la fois précédente, il rêva d'abord du village endormi et mort, et de l'abîme sur lequel on doit flotter en silence. Puis la déchirure s'ouvrit de nouveau, et il perçut les minarets scintillants de la cité, il vit les gracieuses galères à l'ancre dans le port bleu, observa les ginkgos, sur le mont Aran, frémissants sous la brise marine. Mais cette fois il ne fut pas arraché à cette vision et, comme s'il avait des ailes, il se posa doucement sur une colline herbeuse. Il était vraiment revenu dans la vallée d'Ooth-Nargai et dans la splendide cité de Celephais.

Au pied de la colline, parmi les herbes parfumées et les fleurs éclatantes, Kuranes marcha. Il franchit le Naraxa torrentueux sur un petit pont de bois, où il avait gravé son nom bien des années auparavant, traversa les bosquets jusqu'au grand pont de pierre à l'entrée de la cité. Rien n'avait vieilli. Les murs de marbre n'étaient pas décolorés et les statues de bronze poli n'étaient pas ternies. Jusqu'aux sentinelles sur les remparts qui étaient les mêmes, aussi jeunes qu'auparavant. Quand il pénétra dans la cité, passa les portes de bronze et marcha sur les pavés d'onyx, les marchands et les chameliers le saluèrent comme s'il n'était jamais parti, et ce fut la même chose au temple de turquoise de Nath-Horthath, où les prêtres couronnés d'orchidées lui déclarèrent que le temps n'existait pas à Ooth-Nargai et que la jeunesse y était éternelle. Puis Kuranes prit la rue des colonnes pour atteindre la muraille, près de la mer, où se rassemblent commerçants, marins, hommes étranges venus des contrées où la mer et le ciel se rencontrent. Il resta là longtemps, contemplant le port coloré où les vagues scintillaient sous un soleil inconnu et où les galères venues de loin voguaient sur l'eau. Et il contempla aussi le mont Aran, qui s'élevait majestueusement au-dessus de l'océan, avec ses pentes couvertes d'arbres et son blanc sommet touchant le ciel.

Plus que jamais, Kuranes désirait partir sur une galère vers ces lieux lointains dont il avait entendu tant de contes étranges. Il se remit à chercher le capitaine qui avait accepté de l'emmener autrefois. Il trouva l'homme, Athib, assis sur le même coffre d'épices. Ensemble ils ramèrent jusqu'à une galère du port, et, après avoir donné des ordres aux marins, commencèrent à s'éloigner sur la mer houleuse qui conduit au ciel. Plusieurs jours, ils voguèrent au gré des flots, jusqu'à ce que, finalement, ils arrivent là où la mer et la terre se rencontrent. La galère ne s'arrêta pas, mais se mit à flotter aisément dans le bleu du ciel parmi les nuages floconneux et teintés de rose. Et, loin sous la quille, Kuranes pouvait voir des pays étranges, des rivières et des cités d'une beauté extraordinaire, qui s'étendaient, indolents, sous le soleil. Enfin, Athib lui dit que leur voyage approchait de son terme, et qu'ils entreraient bientôt dans le port de Serranian, la cité de marbre rose des nuages, sur la côte éthérée où le vent de l'ouest se mêle au ciel ; mais au moment où les plus hautes tours sculptées de la cité lui apparaissaient, il y eut un bruit quelque part dans l'espace et Kuranes s'éveilla dans sa mansarde de Londres.

Pendant plusieurs mois, ensuite, Kuranes chercha en vain à retrouver Celephais et ses galères voguant vers le ciel. Personne dans ses rêves ne fut capable de lui indiquer le chemin d'Ooth-Nargai, de l'autre côté des collines de Tanarie. Une nuit, il vola au-dessus de montagnes sombres où brillaient des feux de camp isolés, très éloignés les uns des autres, et où l'on voyait d'étranges troupeaux dont les chefs portaient des clochettes. Dans la partie la plus sauvage de cette contrée inconnue, il découvrit un vieux mur de pierre qui zigzaguait sur les crêtes et les vallées, trop gigantesque pour avoir été construit par des mains d'hommes, et si long qu'on n'en pouvait apercevoir la fin. Au-delà de cette muraille, dans l'aube grise, il parvint dans une contrée de jardins. Au lever du soleil, il y découvrit une telle splendeur de fleurs rouges et blanches, de feuillages et de pelouses vertes, d'allées blanches, de ruisseaux de diamants, de lacs d'azur, de ponts sculptés, et de pagodes aux toits rouges, que dans son plaisir il en oublia Celephais.

Une autre nuit, Kuranes grimpa un interminable escalier en spirale, aux degrés humides, et parvint à la fenêtre d'une tour qui dominait une vaste plaine et une rivière éclairée par la lune. Dans la cité silencieuse qui s'étendait au bord de la rivière, il eut l'impression de contempler un paysage déjà connu. Il serait descendu pour demander la route d'Ooth-Nargai, si une aurore inquiétante n'avait surgi d'un endroit lointain, au-delà de l'horizon, révélant la ruine et la vieillesse de la cité, la stagnation de la rivière couverte de roseaux et la mort qui régnait sur ce pays depuis que le roi Kyranatholis, revenu de ses conquêtes, avait subi chez lui la vengeance des dieux.

C'est ainsi que Kuranes chercha en vain la merveilleuse cité de Celephais et ses galères qui voguent dans le ciel vers Serranian. Il vit beaucoup de merveilles, et une fois il échappa de justesse au grand prêtre, qu'on ne peut décrire, qui porte un masque de soie jaune sur le visage et vit seul dans un monastère de pierres préhistoriques, sur le plateau désertique et glacé de Leng. Avec le temps, il ne put plus supporter les mornes intervalles du jour, et se mit à acheter des drogues pour augmenter ses périodes de sommeil. Le hachisch l'aida beaucoup et l'envoya une fois dans une partie de l'espace où la forme n'existe pas. Un gaz de couleur violette lui dit que cette partie de l'espace se situait par-delà l'infini. Le gaz n'avait jamais entendu parler de planète ni d'organisme auparavant, mais il identifia Kuranes comme un simple produit de l'infini où la matière, l'énergie et la gravitation existent. Kuranes était maintenant impatient de retrouver Celephais et ses minarets, et augmentait ses doses de drogue.

Vint un jour où il se trouva à court d'argent. Puis, par une journée d'été, il fut renvoyé de sa mansarde et erra sans but dans les rues. Au-delà d'un pont, les maisons devinrent de plus en plus minces. C'est là que l'accomplissement se produisit, et qu'il rencontra le cortège venu de Celephais, pour l'y conduire définitivement. C'étaient de beaux cavaliers, montés sur des chevaux rouans, revêtus d'armures étincelantes, avec des tabards tissés d'or, aux blasons étranges. Ils étaient si nombreux que Kuranes les prit pour une armée, mais on les avait envoyés en son honneur ; puisque c'était lui qui avait créé Ooth-Nargai dans ses rêves, il allait maintenant être nommé son Dieu régnant pour toujours. Ils lui donnèrent un cheval et le mirent à la tête de la cavalcade, et tous galopèrent majestueusement à travers les plaines du Surrey, jusqu'à la région où Kuranes et ses ancêtres avaient vu le jour. C'était très étrange, mais les cavaliers semblaient remonter le temps au cours de leur galop. Quand il fit sombre, ils voyagèrent plus rapidement, jusqu'à ce qu'ils eussent l'impression de voler. A l'aube incertaine, ils arrivèrent dans un village que Kuranes avait vu vivant dans son enfance, et mort ou endormi dans ses rêves. A présent, il était vivant, et les villageois matinaux s'inclinèrent très bas quand les cavaliers paradèrent dans la rue et tournèrent dans la ruelle qui se termine dans l'abîme des rêves. Kuranes n'avait pénétré dans cet abîme que la nuit, et il se demanda à quoi il ressemblerait le jour. C'est pourquoi il attendait anxieusement d'y parvenir. Juste au moment où il arrivait au bord du précipice, une lueur dorée surgit de l'ouest et enveloppa tout le paysage de vapeurs éclatantes. L'abîme était un chaos bouillonnant de splendeurs roses et azurées, et des voix invisibles chantèrent avec exultation tandis que le cortège des cavaliers plongeait dans le vide et flottait gracieusement au-delà des nuées brillantes. Les cavaliers évoluèrent à l'infini, leurs montures galopant dans l'éther comme sur des sables d'or. Les vapeurs lumineuses s'entrouvrirent alors pour révéler une clarté plus lumineuse, la clarté de la cité de Celephais et de la côte qui s'étend derrière elle, du pic neigeux qui domine la mer et des galères aux couleurs gaies qui sortent du port et partent vers les régions éloignées où le ciel et la mer se rejoignent.

Et Kuranes régna alors sur Ooth-Nargai. Il y règne encore, et il y régnera toujours, même si au pied des falaises d'Innsmouth le ressac joue avec le corps d'un vagabond qui a traversé à l'aube le village désert, joue avec ce corps et le jette sur les rochers au pied de la tour Trevor recouverte de lierre, là où un brasseur millionnaire particulièrement odieux jouit des biens d'une noble famille aujourd'hui éteinte.

LA MALÉDICTION DE SARNATH

Au pays d'Anar, il existe un lac vaste et tranquille. Aucun fleuve n'y prend sa source, aucun fleuve ne vient s'y jeter. La puissante cité de Sarnath, construite sur ses rives il y a dix mille ans, n'existe plus. Mais bien avant Sarnath, aux prémices de la création du monde, s'élevait sur ce rivage une autre cité, Ib, aussi ancienne que le lac lui-même.

Ib, la ville de pierre grise, était peuplée de laides et étranges créatures. Sur les cylindres de brique de Kadatheron, on peut lire qu'elles étaient de la même couleur verte que le lac brumeux. Elles avaient des yeux proéminents, des lèvres pendantes et charnues, de curieuses oreilles, mais pas de voix. Elles étaient descendues de la lune, par une nuit de brouillard, en même temps que le lac et la cité de pierre grise, Ib. Ces êtres bizarres avaient pour divinité une idole de pierre verte comme la mer, taillée à l'image de Bokrug, le grand lézard aquatique, qu'ils vénéraient en des danses horribles lorsque la lune, en son plein, était gibbeuse. Sur les papyrus d'Ilarnek, on peut lire également qu'ils découvrirent, un jour, les secrets du feu. Les flammes furent soigneusement entretenues pour relever de leur éclat fantastique d'étranges cérémonies. Mais on sait très peu de chose sur les habitants d'Ib. Ils vivaient il y a si longtemps, et notre monde humain est si jeune...

Après quelques millénaires, des hommes firent leur apparition au pays d'Anar. Des bergers basanés, accompagnés de leurs troupeaux laineux, édifièrent Thraa, Ilarnek et Kadatheron au bord de la sinueuse rivière Aï.

Certaines tribus, plus téméraires que les autres, poussèrent jusqu'au bord du lac dont le sous-sol était fort riche en métaux précieux et y construisirent Sarnath. Installés non loin de la grise cité d'Ib et de ses singuliers habitants, les bergers se prirent d'une haine féroce à l'égard de leurs voisins. Ils n'aimaient pas à les voir se promener le soir autour de leur ville. Ils n'aimaient pas non plus leurs étranges et grises sculptures monolithiques, témoins de l'antériorité de cette civilisation sur la leur. Plus le temps passait et plus les hommes de Sarnath détestaient les habitants d'Ib. Ils les détestaient d'autant plus que ces petits êtres étaient faibles et vulnérables : leurs corps avaient la consistance de la gelée et n'offraient aucune résistance aux jets de pierres ou de flèches.

Un jour, les guerriers de Sarnath décidèrent de détruire Ib. Frondeurs, archers, lanciers, tous marchèrent sur la cité grise, dont ils massacrèrent les habitants. Pour ne pas avoir à toucher ces étranges créatures, ils poussèrent leurs corps dans le lac à l'aide de longues perches. Puis ils détruisirent systématiquement tout ce qu'ils trouvèrent dans la cité, jetant dans le lac les énormes blocs monolithiques dont la pierre grise ne ressemblait à aucune autre, jusqu'à ce que, enfin, il ne restât plus rien de la très ancienne Ib.

Seule, l'idole de pierre couleur de mer, taillée à l'image de Bokrug, le lézard d'eau, trouva grâce auprès des guerriers, puisqu'ils l'emportèrent avec eux, comme symbole de leur victoire sur les dieux et les gens d'Ib. Mais la nuit qui suivit son entrée dans le temple, il se produisit sur le lac un étrange carrousel lumineux, et le lendemain, le peuple de Sarnath constata la disparition de l'idole verte, en même temps qu'il découvrait le cadavre du grand prêtre Taran-Ish. Il était étendu au pied de l'autel de chrysolite, le visage déformé par un effrayant rictus de peur. Avant de mourir, il avait écrit, d'une main tremblante, sur l'autel de chrysolite : *Malédiction*.

Après Taran-Ish, il y eut de nombreux grands prêtres à Sarnath, mais jamais on ne retrouva l'idole de pierre couleur de mer. Des siècles s'écoulèrent, Sarnath devint extrêmement prospère. Seuls les prêtres et quelques vieilles femmes se souvenaient du dernier message écrit par Taran-Ish, sur l'autel de chrysolite. Il y avait, à présent, une route reliant Sarnath à Ilarnek. De nombreuses caravanes la prenaient pour venir échanger des métaux précieux, des tissus chatoyants, des bijoux, des livres, des outils pour les artisans, et tous les objets de luxe appréciés des peuples résidant le long et au-delà de la sinueuse rivière Aï. Sarnath devint encore plus belle, plus savante, plus puissante. Elle envoya ses armées conquérir les contrées voisines, jusqu'au jour où il n'y eut plus qu'un roi, sur le trône de Sarnath, pour gouverner tout le pays d'Anar. Sarnath la magnifique était la merveille du monde, l'orgueil de l'humanité tout entière. Ses murs étaient en marbre poli. Ils avaient trois cents coudées de haut et soixante-quinze de large, pour permettre aux chars d'y circuler aisément. Du côté du lac, une grande muraille de pierre verte avait été édifiée pour retenir les immenses vagues qui commémoraient ainsi, curieusement, une fois l'an, la destruction de la cité d'Ib. Lorsqu'on entrait dans la ville, cinquante larges avenues, coupées par cinquante rues, conduisaient du lac aux portes. Elles étaient toutes pavées d'onyx, sauf celles sur lesquelles passaient les chevaux, les chameaux et les éléphants, qui, elles, étaient recouvertes de granit. Chacune des portes de bronze de la ville était flanquée de statues de lions et d'éléphants, travaillées dans une pierre inconnue. Les maisons de Sarnath étaient de brique vernissée et de calcédoine ; chacune possédait un jardin clos de murs et un joli lac cristallin. Elles étaient délicieuses et sans pareilles. Leurs dômes brillants émerveillaient les voyageurs de Thraa, d'Ilarnek et de Kadatheron. Et pourtant, ces maisons n'étaient rien à côté de la magnificence des palais, des temples et des jardins appartenant au vieux roi Zakkar. La plus petite de ses nombreuses demeures était plus merveilleuse que la plus belle résidence de Thraa, d'Ilarnek ou de Kadatheron. Ses palais étaient si hauts que, de l'extérieur, ils donnaient l'impression de toucher le ciel.

Et lorsque des torches trempées dans l'huile de Dother les éclairaient, leurs murs révélaient de vastes fresques épiques d'une splendeur et d'une richesse inimaginables. Toutes les colonnes de marbre étaient sculptées et les parterres merveilleusement décorés de béryls, de lapis-lazulis, d'escarboucles et d'autres pierres rares, disposés de façon à reproduire d'extraordinaires tapis de fleurs. Il y avait également des fontaines somptueuses, dont les jets d'eau parfumée formaient des ballets d'un raffinement exquis. Quant au trône royal, il reposait sur plusieurs marches au-dessus du sol brillant. Il était tout en ivoire, d'une seule pièce. Plus personne n'aurait su dire d'où avait pu venir cet énorme bloc, mais il avait existé, puisque le trône en témoignait. Il y avait aussi de très nombreuses galeries et des cirques gigantesques où les lions, les éléphants et les hommes s'affrontaient pour le plaisir des rois. Parfois, ces arènes étaient remplies par les eaux du lac pour permettre d'organiser des luttes nautiques entre nageurs, ou entre des hommes et de dangereuses espèces d'animaux aquatiques. Les dix-sept temples de Sarnath ressemblaient à des tours élevées, et lorsqu'on s'en approchait, on s'apercevait qu'ils avaient été construits à l'aide de pierres multicolores absolument inconnues ailleurs. Le plus grand d'entre eux avait mille coudées de haut. C'est là que résidait le grand prêtre, dans un luxe à peine inférieur à celui des princes. C'est là que se réunissaient les foules pour adorer Zo-Kalar et Tamash, les principaux dieux de Sarnath, dont les châsses, enveloppées d'encens, ressemblaient aux trônes des monarques. Les icônes de ces idoles étaient si parfaites, si vivantes, qu'on aurait juré que les dieux barbus étaient assis là en personne. C'est dans ce temple que se perpétuait la haine de Bokrug, le lézard aquatique. Et c'est là qu'était conservé l'autel de chrysolite sur lequel était inscrite la malédiction de Taran-Ish.

Le vieux roi Zakkar avait aussi fait construire de magnifiques jardins. Ils se trouvaient dans le centre de Sarnath, sur un vaste espace entouré de murs élevés, et surmonté d'un immense dôme de verre à travers lequel le soleil, la lune et les planètes se reflétaient avec éclat et douceur de jour comme de nuit. En été, les jardins étaient rafraîchis par une brise odorante dispensée par d'ingénieux éventails, et en hiver, un invisible système de chauffage entretenait une chaleur printanière à l'intérieur des jardins. Une multitude de ponts enjambaient de petits cours d'eau coulant sur les cailloux colorés. Séparés par de grandes pelouses, les petits rus, qui traversaient des jardins aux couleurs extrêmement variées, tombaient en cascades dans des mares fleuries de nénuphars. Des cygnes blancs y nageaient paisiblement, bercés par la mélodie des chants d'oiseaux rares qui se confondait avec celle des eaux. Les rivages verdoyants s'étageaient en terrasses, ornés çà et là de ceps de vigne, d'arbres en fleurs et de bancs de marbre ou de porphyre. Et il y avait encore des chapelles et des temples plus petits où l'on pouvait se reposer en toute quiétude et prier des dieux plus familiers.

Chaque année, Sarnath commémorait la destruction d'Ib. C'était l'occasion de chanter, boire et danser. Il y avait de nombreuses et importantes réjouissances. Des fêtes animées, où se produisaient des luthistes couronnés de roses de Zakkar, rendaient hommage au courage des anciens, qui avaient exterminé les habitants d'Ib. Les rois, pour maudire les ossements des morts, se penchaient sur le lac qui les renfermait. Au début, les grands prêtres n'aimaient pas ces manifestations de joie sauvage, car, parmi eux, circulaient d'étranges récits. On racontait la disparition de l'icône couleur de mer, et que c'était de peur que Taran-Ish était mort. Du haut de leur tour, disaient-ils, ils apercevaient parfois des lueurs sous les eaux du lac. Mais les années passèrent sans que rien de notoire ne se produisît. Les prêtres en vinrent à rire de cette histoire, et à se joindre enfin aux orgies des festoyeurs. En vérité, n'avaient-ils point, du haut de leur tour, accompli eux-mêmes le rite ancien et secret de haine contre Bokrug ?

Sarnath vécut un millier d'années dans la richesse et le plaisir. La millième célébration de la destruction d'Ib dépassa en magnificence tout ce que l'imagination pouvait concevoir. On avait préparé ces festivités dix ans durant au pays d'Anar. A cette occasion, des hommes de Thraa, d'Ilarneck et de Kadatheron accoururent, qui sur son cheval, qui sur son chameau ou son éléphant. La veille du grand jour, les princes et les voyageurs avaient planté tentes et pavillons devant les murs de marbre. Dans la salle de banquet, Nargis-Hei, le roi, ivre du vin vieux des caves de Pnoth, ville conquise, festoyait, entouré de ses nobles. A sa table, on dégustait des mets succulents : paons des lointaines collines d'Implan, talons de chameaux du désert de Bnazie, noix, épices des bocages sydathriens, perles du Mthal, battues par les vagues et dissoutes dans le vinaigre de Thraa. Des cuisiniers chevronnés avaient préparé cent sauces diverses. Mais les plats préférés des convives étaient les grands poissons du lac, servis sur des plats d'or incrustés de rubis et de diamants.

Pendant ce temps, d'autres fêtaient ailleurs ce millénaire. Dans la tour du grand temple, les prêtres goûtaient eux aussi au plaisir du festin, et sous leurs pavillons, au-delà des enceintes, les princes étrangers avaient organisé leurs réjouissances.

Ce fut le grand prêtre Gnaï-Kah qui le premier vit les ombres descendre de la lune gibbeuse vers le lac et le brouillard vert s'élever au-dessus du plan d'eau pour envelopper d'un halo funeste les dômes et les tours de Sarnath, désormais condamnée.

Puis ceux qui étaient dans ces tours et autour de la ville virent flotter au-dessus de l'eau des lumières étranges, tandis que le rocher gris Akurion, qui de coutume se dressait sur les bords du lac, était submergé. La peur s'empara des princes d'Ilarnek et de Rokol qui firent démonter leurs tentes et repartirent.

Vers minuit, toutes les portes de bronze de Sarnath s'ouvrirent livrant passage à une foule terrifiée qui envahit la plaine. C'est alors que tous les étrangers prirent la fuite. Sur ces visages terrorisés se lisait la folie que fait naître une insurmontable horreur. Les paroles qui naissaient sur leurs lèvres évoquaient des scènes si affreuses que nul n'osa vérifier leurs dires. Les hommes qui avaient pénétré dans la salle du banquet royal en ressortirent hagards, les yeux révulsés d'effroi. Car Nargis-Hei et sa cour avaient disparu de ces lieux envahis par une horde d'êtres verdâtres, muets, aux yeux proéminents, aux lèvres charnues et pendantes, aux étranges oreilles. Les nouveaux venus s'étaient mis à danser. Ils agitaient des plateaux incrustés de rubis et de diamants, d'où naissaient des flammes. Les princes et les voyageurs qui fuyaient la cité, chevauchant leurs chevaux, leurs chameaux ou leurs éléphants, se retournèrent une dernière fois vers le lac brumeux et virent Akurion, le rocher gris, submergé.

Ceux qui s'étaient sauvés de ces lieux d'épouvante racontèrent à tous leur histoire. Les caravanes évitèrent Sarnath, et n'y vinrent plus acquérir ses précieux métaux.

Il se passa longtemps avant que des voyageurs y revinssent. Ceux-ci n'étaient point des hommes d'Anar, mais de courageux jeunes gens, blonds aux yeux bleus. Sur le chemin de Sarnath, ces aventuriers trouvèrent le grand lac tranquille, et le rocher gris qui le surplombe. Mais ils ne virent pas la merveille du monde et la fierté de l'humanité. Là où jadis se dressaient des murailles de trois cents coudées et des tours encore plus hautes, s'étendait à présent un rivage marécageux. Là où cinquante millions d'hommes avaient vécu, rampait désormais le lézard aquatique abhorré. Jusqu'aux mines de métaux précieux qui avaient disparu...

Oui, la *malédiction* s'était abattue sur Sarnath.

Mais, enfouie parmi les joncs, on trouva une curieuse idole verte. Une très ancienne sculpture représentant Bokrug, le grand lézard aquatique. Transportée dans le plus haut temple d'Ilarnek, elle est depuis lors adorée, les soirs de lune gibbeuse, dans toutes les cités d'Anar.

LA TOMBE

En faisant le récit des circonstances qui m'ont entraîné dans cet asile de fous, je sais que ma situation présente un doute — bien naturel — sur l'authenticité de mon histoire. Il est très malheureux que l'ensemble de l'humanité ait une vision mentale trop limitée pour peser avec patience et intelligence des phénomènes isolés, éprouvés seulement par quelques individus au psychisme particulièrement pénétrant, et qui, par leur exceptionnelle sensibilité, se situent bien au-delà de l'expérience commune.

Des hommes doués intellectuellement savent qu'il n'y a pas de différence nette entre le réel et l'irréel, que les choses ne nous apparaissent qu'à travers la délicate synthèse physique et mentale qui s'opère subjectivement en chacun de nous. Mais le matérialisme prosaïque de la majorité condamne comme folie les éclairs de voyance qui déchirent, chez certains, le voile habituel de l'empirisme banal.

Mon nom est Jervas Dudley, et depuis ma plus tendre enfance, je suis un rêveur et un visionnaire. Suffisamment riche de naissance pour échapper au travail, et, de par mon tempérament, inapte aux études formelles et aux distractions sociales de mon entourage, j'ai toujours vécu dans des domaines situés en dehors du monde visible, employant ma jeunesse et mon adolescence à lire des ouvrages anciens, fort peu connus, et à vagabonder sans but dans les champs et les bois proches de ma demeure ancestrale.

La signification que j'ai découverte dans ces livres et

ces promenades n'est sûrement pas celle qu'y trouvaient alors les garçons de mon âge. Il ne faut pas que je m'étende là-dessus, car un discours détaillé confirmerait les cruelles calomnies que certains de mes surveillants, furtivement, murmurent sur mon intelligence. Je me dois de raconter les événements tels quels, sans essayer d'en analyser les causes.

J'ai donc dit que je vivais à l'écart du monde visible, mais non que je vivais seul. Car personne n'en est capable. Le manque de compagnie vivante conduit inévitablement les solitaires à la fréquentation d'objets inanimés, ou qui le sont devenus.

Près de chez moi s'étend une étrange vallée boisée, aux profondeurs crépusculaires, au creux de laquelle je passais des heures entières à lire, penser, rêver.

Tout enfant, j'avais fait mes premiers pas le long de ses pentes moussues, et c'est au pied de son grand chêne noueux que m'assaillirent les premières chimères de mon enfance.

Je m'y rendais pour lier connaissance avec les dryades, maîtresses de ces arbres, et il me fut souvent donné de contempler leurs danses sauvages sous les rayons déclinants de la lune. Mais ce n'est pas maintenant qu'il me faut évoquer ces souvenirs.

Je parlerai seulement de la tombe solitaire, dans le recoin le plus sombre des fourrés, à flanc de coteau. La tombe déserte des Hyde, une famille ancienne et de haut rang dont le dernier descendant direct avait été enterré là, obscurément, plusieurs décennies avant ma propre naissance. La sépulture est taillée dans un vieux granit rongé par les intempéries, et que le brouillard et l'humidité ont décoloré depuis des générations. Creusée dans la pente de la vallée, la tombe n'est visible que lorsqu'on se trouve en face de son entrée. La porte en pierre, massive, effrayante, recouverte de dépôts visqueux, s'appuie sur des gonds de fer rouillé. Elle est maintenue étrangement entrebâillée par des chaînes et des cadenas de fer, selon la mode macabre qui date d'un demi-siècle. La demeure de la famille dont les membres reposaient là entourait autrefois la pente où se trouve la tombe, mais il y a déjà fort longtemps, elle fut ravagée par la foudre et les flammes.

C'est à voix basse, anxieusement, que les vieux habitants de la région évoquent parfois, sous le terme mystérieux de «colère divine», cet orage de minuit qui détruisit le triste château. C'est cette allusion étrange qui, tout au long de ma jeunesse, fit croître la fascination que le tombeau avait toujours exercée sur moi. Seul un homme avait péri dans cet incendie. Quand le dernier des Hyde fut enterré dans ce caveau de famille silencieux et obscur, c'est de très loin que l'urne funèbre contenant ses cendres parvint à sa dernière demeure. Car la famille, après la catastrophe, avait quitté la région.

Jamais je n'oublierai cet après-midi où je trébuchai pour la première fois sur cette maison de la mort, à demi enfouie dans l'ombre. C'était en plein été, à l'époque où l'alchimie de la nature transforme le paysage champêtre en un tableau éclatant, en une palette de verts, où les sens enivrés se laissent envahir par les vagues houleuses de verdure humide et par les odeurs subtiles qui montent de la terre et des plantes. Dans de tels lieux, l'esprit perd son objectivité, le temps et l'espace deviennent futiles, irréels, des échos d'un passé oublié, d'avant l'histoire, viennent frapper avec insistance la conscience captivée.

Tout le jour, j'avais erré à travers les bosquets de la vallée. A dix ans, je connaissais déjà beaucoup de merveilles que la foule ignorait, et, à certains égards, j'avais atteint une surprenante maturité. Après m'être frayé un chemin entre deux massifs de bruyère sauvage, je me trouvai brusquement à l'entrée du caveau, ne sachant rien encore de la nature de ma découverte. Les sombres blocs de granit, la porte, si curieusement entrouverte, les motifs funéraires au-dessus de la porte ne m'effrayèrent pas le moins du monde. Car j'avais lu maintes fois déjà des descriptions de tombeaux effroyables, et mon imagination fertile en avait suscité de plus sinistres encore. Mais en raison de mon tempérament particulier, je m'étais tenu à l'écart des cimetières. L'étrange habitacle de pierre que j'avais découvert n'était pour moi qu'une source d'intérêt et de méditation.

Je scrutai à travers l'entrebâillement de la porte l'intérieur froid et humide, et, pendant mon attentive observation, naquit en moi, non pas la notion de mort ou de décadence, mais une bien étrange impulsion. Un désir fou, irraisonné, me fascinait en face de cet enfer de réclusion. Poussé par une voix surgie sans doute de l'âme hideuse de la forêt, je résolus de m'enfoncer dans l'obscurité qui me faisait signe, au mépris des lourdes chaînes qui me barraient le passage. Dans la lumière déclinante du jour, je secouai avec fracas, l'un après l'autre, les obstacles rouillés qui entravaient mon chemin, afin de pousser la porte de pierre et tenter de glisser mon corps mince dans cet espace. Mais en vain. Devant mon échec, ma curiosité se transforma en colère. Au crépuscule, je décidai de rentrer chez moi, mais j'avais auparavant, dans ma rage, juré à tous les dieux du petit bois que, quelque jour, *à n'importe quel prix*, je pénétrerais dans la pénombre du sépulcre, dans ces glaciales profondeurs qui semblaient m'appeler.

Le médecin à la barbe gris fer qui vient tous les jours dans ma chambre a dit une fois à un visiteur que cette décision avait marqué le début de ma pitoyable monomanie. Mais je préfère laisser le jugement final à mes lecteurs, qui se prononceront lorsque je leur aurai tout raconté.

J'employai vainement les mois qui suivirent ma découverte à tenter de faire sauter le cadenas compliqué du caveau, et à me livrer à de subtiles recherches sur l'histoire de l'édifice. Beaucoup de renseignements précieux parvinrent à mes oreilles de gamin attentif. Mais je gardai le plus absolu secret sur ce que je savais et sur ce que j'avais décidé d'entreprendre.

Je dois à la vérité de dire que les informations que je recueillis ne me surprirent ni ne m'effrayèrent. Mes convictions intimes sur la vie et la mort m'avaient amené à opérer un vague rapprochement entre la terre froide et les corps vivants, et je sentais que la grande et sinistre famille du château incendié était en quelque sorte représentée dans les pans de pierre que je cherchais à explorer. Les murmures sur les rites magiques et les fêtes impies qui, autrefois, avaient eu lieu dans le château disparu, entretenaient ma lancinante attirance pour cette tombe, devant laquelle, jour après jour, je restais assis, des heures durant.

Une fois, j'introduisis une bougie par l'étroit passage de l'entrée, mais je ne pus rien apercevoir, excepté un escalier de pierre humide qui descendait au-dessous du niveau de la terre. J'éprouvais une sorte d'enchantement à humer l'odeur répugnante de l'endroit, qui, singulièrement, semblait évoquer au fond de moi des souvenirs enfouis dans un passé au-delà de toute mémoire, remontant sans doute à une époque où je ne possédais pas encore le corps que j'habite à présent.

Au cours de l'année qui suivit ma découverte, je lus, dans mon grenier plein de livres, une traduction des *Vies* de Plutarque. En me plongeant dans l'histoire de Thésée, je fus très impressionné par le passage où il est question de cette grosse pierre sous laquelle étaient inscrits les signes du destin du héros, pierre d'un poids tel que celui-ci devait, pour la soulever, avoir atteint une force suffisante, c'est-à-dire un âge où ce destin se serait déjà accompli. Cette légende eut pour effet de diminuer ma grande impatience à pénétrer dans le tombeau, car je compris que mon heure n'était pas arrivée. Plus tard, me persuadai-je, j'aurais acquis la force ou l'ingéniosité qui me rendrait capable d'ouvrir cette porte. Pour le moment, il me fallait me conformer aux impératifs du Destin.

A la suite de quoi mes regards scrutateurs à travers le portail humide se firent moins insistants, et je consacrai le plus clair de mon temps à d'autres recherches, tout aussi étranges. Je me levais parfois, calmement, au milieu de la nuit, pour aller parcourir les cimetières et autres lieux funéraires, dont mes parents m'avaient toujours tenu éloigné. Ce que j'y faisais, je ne saurais le dire, parce que je ne suis pas sûr de la réalité de ces choses, mais je sais que le lendemain de chacune de mes promenades nocturnes je surprenais mon entourage par les connaissances que je possédais et que les miens avaient oubliées depuis des générations. Un de ces jours-là, je scandalisai la communauté par une opinion bizarre que je m'étais forgée à propos de l'enterrement du riche et célèbre chevalier Brewster, un chroniqueur local qui avait été enterré en 1711 et dont la pierre tombale, en ardoise, supportait un crâne sculpté et des os disposés en croix, qui partaient en poussière. Dans un moment de puérile imagination, je déclarai que non seulement l'entrepreneur de pompes funèbres Goodman Simpson avait dérobé les élégants souliers d'argent, les bas de soie et les sous-vêtements de satin du défunt, mais que le chevalier lui-même, mis en bière encore vivant, s'était retourné deux fois dans son cercueil recouvert d'un tumulus le lendemain de son enterrement.

Cependant, l'idée d'entrer dans le tombeau ne m'avait jamais quitté. Car mes recherches généalogiques m'avaient révélé une vérité aussi excitante qu'inattendue : mes propres ancêtres paternels avaient un lien de parenté — si ténu fût-il — avec la famille prétendument éteinte des Hyde. Dernier rejeton de la race paternelle, j'étais donc moi-même le dernier de cette lignée mystérieuse.

Je commençai à penser que cette tombe était *mienne*, et j'attendais avec une plus vive impatience l'heure où la Destinée m'autoriserait à accéder de l'autre côté de la porte de pierre, à descendre dans l'obscurité l'escalier de pierre gluante.

J'avais pris l'habitude d'écouter attentivement près du portail, dans le tranquille silence de minuit. Peu à peu j'atteignais ma majorité. Au cours des ans, j'avais défriché le petit fourré à flanc de coteau qui dominait la tombe, formant autour d'elle une couronne de bosquets. La végétation était peu à peu devenue comme les murs et le toit d'un berceau de verdure. Ainsi je m'étais construit un temple qui n'était qu'à moi, et dont la porte fermée constituait le reliquaire. Je m'étendais là, sur le sol moussu, rêvant à des choses étranges et singulières.

La nuit de ma première révélation fut une nuit étouffante. J'avais dû m'endormir de fatigue, parce que j'eus la nette impression de m'éveiller d'un profond sommeil lorsque j'entendis les voix. J'hésite à les qualifier, à parler de leur accent et de leur timbre. Je dirai seulement qu'elles avaient une prononciation et qu'elles employaient un vocabulaire bien particulier. Je pus y reconnaître les nuances du dialecte de la Nouvelle-Angleterre, depuis les syllabes peu élégantes des colons puritains, jusqu'à la rhétorique précise d'il y a cinquante ans. Tous ces éléments se mêlaient dans cette conversation des ténèbres. Mais cela, je ne le remarquai qu'après coup. Sur le moment, mon esprit fut tout simplement fasciné par un autre phénomène — si éphémère que je ne saurais jurer de sa réalité. Je venais d'apercevoir, me sembla-t-il, une *lumière* qui avait été éteinte à la hâte dans les profondeurs du tombeau.

Je ne pense pas avoir été aucunement frappé de stupeur, mais je sais que cette nuit-là quelque chose en moi a *changé*, d'une façon définitive.

En retournant chez moi, je me dirigeai sans hésiter vers un coffre qui pourrissait dans le grenier, et dans lequel je trouvai la clef qui le lendemain me permit sans encombre de franchir l'obstacle qui avait si longtemps entravé mon désir.

Ce fut dans la douce lumière d'un après-midi finissant que j'entrai pour la première fois dans le caveau. J'étais comme ensorcelé et mon cœur bondissait dans une exultation quasi maladive.

Après avoir fermé la porte derrière moi, je descendis les marches ruisselantes, à la lumière d'une faible bougie. J'eus immédiatement l'impression de connaître le chemin, et malgré le grésillement de la bougie, dû à l'atmosphère viciée de l'endroit, je m'y sentais singulièrement à l'aise.

Regardant autour de moi, j'aperçus plusieurs dalles de marbre qui supportaient des cercueils. Quelques-uns d'entre eux étaient scellés et intacts, d'autres au contraire avaient pour ainsi dire disparu, il n'en restait plus que les poignées d'argent et les plaques, isolées au milieu de curieux tas de poussière blanchâtre.

Sur une plaque, je pus lire le nom de Geoffrey Hyde, qui était venu du Sussex en 1640, et était mort ici quelques années plus tard.

Dans une alcôve se trouvait un coffre vide, bien conservé, décoré des lettres d'un nom qui me fit à la fois sourire et trembler. Une impulsion bizarre me poussa à grimper sur la dalle étroite, à éteindre ma bougie et à m'étendre dans la boîte vide.

Dans la lumière grise de l'aube, je sortis en chancelant du caveau, et bouclai la chaîne derrière moi. Je n'étais plus tout à fait un jeune homme, car vingt et un hivers avaient déjà refroidi ma délicate charpente.

Des villageois matinaux, qui assistèrent à mon retour, s'étonnèrent des signes de satisfaction évidente, de divertissement enjoué qu'ils constataient pour une fois chez un homme réputé sombre et solitaire.

Ce jour-là, je ne me montrai pas à mes parents avant d'avoir consacré quelques heures à un sommeil réparateur.

A partir de ce jour, chaque nuit je me rendis à la tombe. Je vis, j'entendis, j'accomplis des choses que je dois oublier. Ma manière de parler fut la première à subir un changement et je me mis soudain à employer force archaïsmes dans mes propos, ce que mes proches ne manquèrent pas de relever aussitôt.

Plus tard, je devins encore plus audacieux, plus brutal, et mon comportement, peu à peu, devint celui d'un homme qui connaît la vie, phénomène fort surprenant, lorsqu'on songe à la réclusion dans laquelle s'était déroulée mon existence. Ma réserve s'effaça pour laisser place à la volubilité, à l'aisance d'un Chesterfield, ou encore au cynisme impie d'un Rochester. Je fis brutalement étalage d'une érudition toute particulière, qui ne correspondait plus à la science monacale à laquelle je m'étais consacré dans ma jeunesse. Je couvrais des pages entières d'épigrammes improvisées, qui rappelaient celles de Jay, de Prior et des rimeurs de la reine Anne.

Un matin, au petit déjeuner, une catastrophe se produisit lorsque je me mis à réciter, avec des accents avinés, un morceau extrait d'une chanson du temps des George qui n'avait jamais été couchée par écrit, et qui donnait à peu près ceci :

Venez ici, compagnons, avec vos gobelets de bière,
Et buvons à l'heure présente tant qu'il est encore temps.
Empilez des montagnes de bœuf sur vos assiettes,
Car c'est le boire et le manger qui seuls nous réconfortent.
Remplissez vos verres, car la vie passe vite ;
Quand vous serez sous terre
Vous ne boirez plus à la coupe de votre roi ni de votre [maîtresse.
On dit qu'Anacréon avait le nez pivoine,
Mais qu'importe un nez rouge si l'on est bienheureux,
Dieu me damne, je préfère être écarlate tant que je suis ici,
Que blanc comme un lis et mort depuis un an.
Alors, Betty, ma mignonne, donne-moi un baiser ;
En enfer il n'y a pas de fille d'aubergiste comme toi.
Le jeune Harry qui se tient aussi droit qu'il le peut
Va bientôt perdre sa perruque et rouler sous la table,
Mais remplissez vos verres et faites-les circuler ;
Mieux vaut être sous table que sous terre ;
Faites bombance et amusez-vous pendant que vous buvez.
Sous six pieds de poussière il est moins aisé de rire ;
Que le diable m'emporte, je peux à peine marcher,
Et que je sois damné si je tiens debout.
Holà, dis à Betty d'apporter une chaise,
Je vais essayer de rentrer chez moi, car ma femme n'est pas là.
Aide-moi donc, je ne peux pas me tenir,
Mais tant que je suis à la surface des terres, je suis heureux.

C'est à cette époque-là que naquit ma terreur de l'orage et des flammes. Je me mis à en éprouver un sentiment d'effroi insoutenable qui me contraignait à me réfugier dans les recoins les plus isolés de la demeure paternelle quand le ciel se faisait menaçant. Si cela se passait pendant la journée, l'une de mes cachettes préférées était la cave en ruine du château qui avait brûlé. En imagination, je me la représentais telle qu'elle avait dû être.

Mais ce que je craignais depuis fort longtemps finit bien un jour par se produire. Mes parents, inquiets des changements survenus dans le comportement de leur unique enfant, se mirent — dans des intentions exclusivement bienveillantes — à espionner mes actes. Ayant depuis ma plus tendre enfance veillé moi-même sur tous mes secrets, ne les confiant jamais à quiconque, je n'avais soufflé mot à personne de mes visites à la tombe. A présent, dans ma course à travers les dédales du bosquet, il me fallait prendre garde à semer un éventuel poursuivant. Je gardais sur moi la clef du caveau, que j'avais attachée à un cordon perpétuellement pendu à mon cou. Jamais je ne revenais du sépulcre avec une chose que j'avais pu y trouver.

Un matin, alors qu'en sortant de la tombe, je refaisais surface à la lumière du jour et refermais la chaîne, j'aperçus, au fond d'un fourré voisin, le visage redouté d'un observateur. La fin de mon aventure approchait, sans nul doute, puisque le but de mes pérégrinations nocturnes venait d'être révélé. L'homme ne m'aborda pas, et je me dépêchai de rentrer, afin de surprendre le récit qu'il ferait à mon père. Mes séjours dans la tombe allaient-ils être dévoilés au monde ? Imaginez combien ma surprise fut agréable lorsque j'entendis cet espion raconter à voix basse que j'avais passé la nuit dans la charmille qui entourait la sépulture. Par quel miracle l'observateur avait-il pu ainsi se tromper ? J'étais à présent convaincu d'être protégé par une puissance surnaturelle. Cette assurance accrut mon audace, car je décidai de me rendre désormais à la tombe tranquillement, pour ainsi dire à découvert, puisque j'étais persuadé que personne au monde ne pouvait m'y voir pénétrer. Pendant une semaine, je goûtai avec plénitude la joie de ces plaisirs charnels que je dois taire, quand soudain la chose se produisit. Oui, cette nuit-là, j'aurais dû me garder de mettre le nez dehors. Car les nuages avaient la couleur d'orage, tandis qu'une lueur infernale montait du marais. Le ciel tout entier était menaçant. L'appel des morts lui-même avait changé. Ce soir-là, il ne venait plus de la tombe, mais de la cave calcinée au sommet de la colline.

Comme je sortais d'un fourré et abordais la plaine

qui s'étend devant les dernières ruines de l'antique demeure, il se produisit ce que toute ma vie j'avais attendu. Sous le brumeux clair de lune, je distinguai la demeure disparue depuis un siècle, qui se dressait à nouveau, dans toute sa splendeur. Toutes les fenêtres étaient illuminées de bougies, tandis que, dans la longue allée, de luxueuses voitures à chevaux déversaient les plus hauts personnages de l'aristocratie bostonienne, et que, richement vêtue, une assemblée nombreuse de gentilshommes poudrés arrivait à pied des demeures voisines. Je me mêlai à cette foule, sachant au fond de moi que j'étais l'hôte et non point l'invité. De l'intérieur me parvenaient des bruits de musique endiablée, des rires joyeux. Le vin coulait à flots. Je reconnus plusieurs visages que j'avais déjà vus à demi dévorés ou rongés par la mort et la décomposition. Au milieu de cette foule excitée et sans retenue, j'étais le plus déchaîné. Je déversais des torrents de blasphèmes et, dans mes plaisanteries choquantes, je faisais fi des lois humaines, divines, cosmiques.

Soudain un bruit d'orage résonna plus fort encore que nos cris, et la foudre fit voler le toit en éclats et répandit la panique au milieu de cette tapageuse compagnie. Des langues de flammes et de suffocantes fumées s'engouffrèrent dans la maison. Les noceurs, frappés de terreur devant cette calamité dont la violence semblait surnaturelle, s'enfuirent en hurlant dans la nuit. Je restai seul, cloué sur mon siège, dans un effroi inconnu. Puis une autre terreur m'envahit. Réduit en cendres, je vis mon corps dispersé aux quatre vents. Cela signifiait que *jamais je ne reposerais dans la tombe des Hyde*. Ce cercueil, pourtant, ne m'était-il point destiné ? N'avais-je pas le droit de reposer éternellement parmi les descendants de sir Geoffrey Hyde ?

Je réclamerais mon héritage même si mon âme devait errer des siècles durant à la recherche d'une autre enveloppe charnelle pour la représenter dans l'alcôve vacante du caveau. Non ! *Jervas Hyde* ne connaîtrait jamais le triste sort de Palinur !

Tandis que le fantôme de la maison en flammes s'estompait devant moi, je me sentis saisi par deux hommes forts. L'un d'eux était l'espion du fourré. Je hurlai et me débattis comme un forcené pour échapper à leur puissante poigne. Il tombait une pluie torrentielle, et des éclairs zébraient l'horizon. Mon père, dévoré de chagrin, était tout près de moi. Tandis que je criais à ces hommes de me déposer dans ma tombe, mon père leur demanda de me traiter avec la plus grande douceur.

Un cercle noir, sur le sol de la cave en ruine, indiquait l'endroit où la foudre avait frappé. Là, quelques villageois curieux trouvèrent une petite boîte ancienne, ouvragée, que la foudre avait déterrée. Ce coffret, dont les attaches avaient été brisées sous le choc, contenait des papiers, des objets précieux, mais lorsque les villageois en firent l'inventaire sous mes yeux, une chose me fascina. C'était une miniature sur porcelaine reproduisant un jeune homme qui portait une élégante perruque bouclée, et dont les initiales étaient J.H. Son visage, j'aurais pu tout aussi bien le reconnaître dans mon miroir.

Le lendemain, on m'étendit dans cette pièce où les fenêtres ont des barreaux, mais un vieux domestique simple et dévoué m'a donné des renseignements importants. Il m'a appris par exemple que personne ne croit en mes récits. Mon père affirme que je n'ai jamais franchi le portail enchaîné, et que le cadenas rouillé n'a pas été touché depuis plusieurs décennies. Il prétend même que tout le village connaissait mes expéditions nocturnes. Tout le monde m'avait, paraît-il, vu assoupi sous la tonnelle près de la façade lugubre. Je m'insurge contre ces assertions gratuites, mais je n'ai aucune preuve pour les contredire : j'ai perdu la clef du cadenas au cours de la nuit d'orage. Mon père se persuade que tout ce que je sais du monde des défunts, je l'ai appris dans les vieux livres de la bibliothèque familiale.

Sans la présence de mon vieux serviteur Hiram, je serais à présent convaincu de ma folie.

Mais Hiram, pour qui j'ai toujours éprouvé une vive affection, me garde sa confiance. C'est lui qui m'a aidé à rendre publique une partie de mon histoire. Il y a une semaine, il a fait sauter la chaîne du portail de fer, et a descendu les marches de la tombe, s'éclairant d'une lanterne. Sur une dalle, dans une niche, il a trouvé un vieux cercueil vide dont la plaque ternie porte le prénom « Jervas ».

Ils m'ont promis que je serais enseveli dans ce cercueil, dans cette tombe.

PRISONNIER DES PHARAONS

Le mystère appelle le mystère. Depuis que mon nom a été associé à des situations inexplicables, je me suis trouvé aux prises avec des récits et des circonstances liés dans l'esprit des gens à ma réputation et à mes activités. La plupart de ces événements ne présentaient aucun intérêt, mais certains d'entre eux ont été pourtant dramatiques. Si quelques-uns m'ont aussi procuré des sensations agréables et dangereuses, d'autres enfin m'ont entraîné à faire des recherches scientifiques et historiques très poussées. J'ai toujours parlé de ces événements en toute liberté et je continuerai à le faire, mais il en est un dont j'hésitais à parler jusqu'à présent, et que je relate ici uniquement à cause de l'investigation des éditeurs de ce magazine, qui ont eu vent de cette histoire par la rumeur familiale. Ce sujet, jusque-là inabordé, a trait à la visite privée que j'ai effectuée en Egypte, il y a quatorze ans, et dont j'ai ensuite évité de parler pour plusieurs raisons. D'une part je ne veux pas tirer profit de certains faits véridiques, de circonstances apparemment inconnues des milliers de touristes qui se pressent autour des pyramides, ni d'un secret si bien gardé par les autorités du Caire. De l'autre, j'hésite à relater un incident où mon imagination délirante a dû jouer un grand rôle. Ce que j'ai vu, ou ce que j'ai cru voir, ne s'est sans doute pas produit. Il est probable que j'ai été la victime et le jouet de l'atmosphère étrange qui m'entourait. Mes visions, amplifiées par l'état d'excitation dans lequel je me trouvais à la suite de circonstances déjà exceptionnelles, suffirent évidemment à m'entraîner, en cette nuit fatale et si lointaine, dans cette aventure.

C'était en janvier 1910. Je venais de terminer un contrat en Angleterre, et d'en signer un autre pour une tournée dans des théâtres australiens. Comme on m'avait accordé suffisamment de temps pour le trajet, je résolus d'en tirer le maximum de profit. C'est ainsi qu'accompagné par ma femme je voyageai agréablement sur le continent et m'embarquai sur le vapeur *Malwa* qui allait à Port-Saïd. De là, je me proposais de visiter les principaux lieux historiques de la basse Egypte avant de partir pour l'Australie. Le voyage fut agréable et agrémenté par les nombreux numéros d'un magicien qui se trouvait à bord. J'avais bien l'intention, afin de sauvegarder ma tranquillité, de conserver l'incognito, mais je fus amené à me trahir, à cause de ce confrère magicien qui cherchait à éblouir les passagers avec des tours très ordinaires, ce qui amena chez moi le désir de le surpasser, m'obligeant ainsi à révéler mon nom. Je mentionne cet épisode à cause des conséquences que cela devait entraîner par la suite, conséquences que j'aurais dû prévoir avant de dévoiler ma profession à une cargaison de touristes en route pour la vallée du Nil. Le résultat fut que mon identité fut connue partout où je me rendis, ce qui nous priva, ma femme et moi, du calme que nous recherchions. Alors que j'avais entrepris cette croisière pour aller à la découverte de curiosités, c'était moi, maintenant, qui étais l'objet de la curiosité des autres.

Venus en Egypte à la recherche du pittoresque et du mystique, nous fûmes assez déçus quand le bateau jeta l'ancre à Port-Saïd.

Des dunes de sable, des bouées flottant sur des eaux basses et une petite ville européenne morne, sans aucun intérêt, exception faite pour la statue de Lesseps, nous rendirent impatients d'arriver enfin aux hauts lieux touristiques. Nous décidâmes donc de nous rendre au Caire, puis aux pyramides, et d'aller ensuite prendre le bateau pour l'Australie à Alexandrie, ce qui nous permettrait de visiter les sites gréco-romains de cette vieille métropole. Le trajet en chemin de fer, long de quatre heures et demie, fut supportable. Nous vîmes une grande partie du canal de Suez, que nous suivîmes jusqu'à Ismaïlia, et nous eûmes un avant-goût de l'Egypte ancienne en apercevant le canal restauré du Moyen Empire. Nous découvrîmes Le Caire dans le soir qui tombait. Constellation scintillante, qui nous éblouit quand nous arrivâmes à la grande gare centrale. Mais une fois de plus, nous fûmes déçus, car tout ce que nous vîmes était européen, mis à part les costumes et la foule bigarrée. Un métro prosaïque conduisait à une place encombrée de voitures, de taxis et de tramways. Elle ruisselait de lumières sur tous les buildings, et principalement sur le théâtre où l'on m'avait vainement demandé de me produire et dans lequel je me rendis par la suite en spectateur, et qui avait été récemment rebaptisé le *Cosmographe américain*. Nous prîmes un taxi qui suivit des rues larges et élégantes, et nous descendîmes à l'hôtel *Shepheard*. Au milieu du service impeccable du restaurant, des ascenseurs et du luxe anglo-américain de l'ensemble, l'Orient mystérieux et le passé immémorial paraissaient très lointains. Le jour suivant, toutefois, nous projeta en plein cœur d'une atmosphère digne des *Mille et une nuits*. Et dans les rues sinueuses, et dans les perspectives exotiques du Caire, le Bagdad de Haroun al-Rachid semblait renaître. Guidé par notre *Baedeker*, nous avions longé les jardins Ezbekiyeh, à la recherche du quartier indigène, quand nous acceptâmes les services d'un cicérone bruyant, qui, malgré la suite des événements, se révéla un maître dans son genre. Ce n'est que plus tard que je me rendis compte que j'aurais dû demander un guide diplômé. L'homme était un individu glabre, à la voix curieusement basse, relativement propre. Il ressemblait à un pharaon, se faisait appeler Abdul Reis el-Drogman et paraissait avoir beaucoup d'autorité sur les gens de sa sorte. Par la suite, la police déclara ne pas le connaître, et ajouta que Reis était un nom utilisé par toute personne jouissant d'un peu d'influence, tandis que Drogman n'était apparemment rien d'autre que la grossière déformation du mot utilisé pour désigner le responsable des groupes de touristes, « dragoman ». Abdul nous conduisit vers les merveilles dont nous avions seulement entendu parler et que nous rêvions de découvrir. Le vieux Caire est par lui-même un livre d'histoire et un songe. C'est un labyrinthe de ruelles étroites, parfumées de secrets épicés, dont les balcons mauresques et les fenêtres en saillie se rejoignent presque au-dessus des rues. Il y a des embouteillages avec des cris étranges, des claquements de fouet, des chariots qui grincent, des pièces d'argent qui tintent et des ânes qui braient. C'est un kaléidoscope de vêtements de toutes couleurs, de voiles, de turbans et de tarbouches. Des porteurs d'eau et des derviches, des chiens et des chats, des diseurs de bonne aventure et des barbiers s'y croisent. Et par-dessus tout cela, le gémissement des mendiants aveugles accroupis sous les porches et les appels sonores des muezzins dans les délicats minarets, qui se détachent sur un ciel d'un bleu profond et immuable.

Nous visitâmes les bazars couverts et plus calmes, qui ne nous parurent pas moins attirants. Aromates, parfums, encens, tapis, soieries, cuivres s'y étalaient à profusion. Plus loin, une colonne corinthienne venue peut-être d'Héliopolis, où Auguste avait placé l'une de ses trois légions égyptiennes, attira nos regards. L'Antiquité commençait à se mêler à l'exotisme. Puis nous vîmes toutes les mosquées et le musée, et nous nous efforçâmes de ne pas laisser les délices que nous dispensait l'Arabie s'effacer devant les charmes plus mystérieux de l'Egypte pharaonique qui émanaient des trésors inestimables du musée. Ce devait être le couronnement de notre visite, et pour l'instant nous accordions toute notre attention aux gloires médiévales des califes, dont les magnifiques tombeaux-mosquées forment une nécropole féerique à la lisière du désert d'Arabie. Abdul nous dirigea, le long du Sharia Méhémet-Ali, jusqu'à Babel-Azab, l'ancienne mosquée du sultan Hassan, flanquée de tours derrière lesquelles s'élève une route escarpée et bordée de murailles, qui conduit à la puissante citadelle construite par Saladin avec les pierres des pyramides oubliées. Le soleil se couchait quand nous entreprîmes l'ascension. Nous fîmes le tour de la mosquée moderne de Méhémet-Ali et contemplâmes du haut du parapet Le Caire mystique, Le Caire scintillant, tout doré avec ses dômes sculptés, ses minarets élancés et ses jardins flamboyants.

Le grand dôme romain du nouveau musée dominait la ville, et au-delà, de l'autre côté du cours jaune et mystérieux du Nil, se cachaient les sables menaçants du désert de Libye.

Le soleil rougeoyant s'abaissa sur l'horizon, amenant avec lui la fraîcheur du crépuscule égyptien. Et tandis qu'il restait en équilibre sur le bord du monde, comme cet ancien dieu d'Héliopolis, Rê-Horakhty, nous vîmes se détacher, en contre-jour sur son holocauste vermeil, les noirs contours des pyramides de Gizeh, déjà vieilles d'un millénaire quand Toutankhamon monta sur son trône d'or, dans la lointaine Thèbes. Alors nous sûmes que nous en avions fini avec Le Caire sarrasin et qu'il nous fallait maintenant goûter les mystères plus profonds de l'Egypte ancienne — le noir Kem de Rê et d'Amon, d'Isis et Osiris.

Le matin suivant, nous visitâmes les pyramides. Nous prîmes une victoria pour nous rendre dans l'île de Chizereh, reliée à la côte ouest par un petit pont anglais. Nous nous dirigeâmes le long de la route côtière, entre de grandes rangées de lebbakhs, et nous dépassâmes le grand jardin zoologique des faubourgs de Gizeh. Puis, nous enfonçant dans l'intérieur vers Sharia-El-Haram, nous traversâmes une région de canaux boueux et de villages indigènes misérables, jusqu'à ce que l'objet de notre déplacement nous apparût, émergeant des brouillards de l'aube, et se reflétant dans les mares qui bordaient la route. Quarante siècles, comme l'avait dit ici même Napoléon à ses soldats, nous contemplaient.

La route s'éleva brusquement, et nous atteignîmes la plate-forme de transfert entre la station de trolley et l'hôtel *Mena House*. Abdul Reis, qui avait acheté nos tickets pour les pyramides, semblait s'être entendu avec les

Bédouins criards et agressifs qui habitaient un village de torchis non loin de là. Il réussit non seulement à les tenir à distance, alors qu'ils importunaient tous les voyageurs, mais il obtint une excellente paire de chameaux, prenant pour lui-même un âne, et confia la conduite de nos bêtes à un groupe d'hommes et de garçons plus dispendieux qu'utiles. La distance à parcourir était si courte que les chameaux étaient à peine nécessaires, mais nous ne regrettâmes pas d'ajouter à notre expérience cette forme peu rassurante de transport dans le désert. Les pyramides, qui s'élevaient sur un haut plateau rocheux, faisaient partie d'une série de cimetières royaux et aristocratiques, construits dans le voisinage de la capitale morte, Memphis, sur cette rive du Nil, un peu au sud de Gizeh. Memphis avait connu son apogée entre 3 400 et 2 000 ans av. J.-C. La plus grande des pyramides, qui est la plus proche de la route moderne, a été construite par le roi Khéops ou Khoufou vers 2 800 ans av. J.-C. Elle s'élève à plus de cent mètres de hauteur. Au sud-ouest, on trouve successivement la seconde pyramide, construite une génération plus tard par le roi Khéphren, qui est plus petite que la précédente, mais qui semble pourtant plus grande, parce qu'elle est construite sur un terrain élevé ; et la troisième pyramide est celle du roi Mykérinos, nettement plus modeste, qui fut édifiée vers 2 700 ans av. J.-C. Au bord du plateau, et à l'est de la deuxième pyramide, image que Khéphren a sans doute voulu laisser de lui au monde, se dresse le Sphinx monstrueux — muet, sardonique, et sage pour l'éternité.

En plusieurs endroits, on trouve des pyramides plus petites et des ruines de pyramides mineures. Et tout le plateau est constellé de tombes de dignitaires d'un rang inférieur au rang royal. Les dernières étaient à l'origine des mastabas, ou constructions de pierre qui ressemblaient à des bancs, tels qu'on en a trouvé dans d'autres cimetières de Memphis, et dont le plus beau spécimen est celui de Perneb, au Metropolitan Museum de New York. Mais à Gizeh, tous ces vestiges ont disparu, victimes du temps et des pillards. Et seules des cavités creusées dans le roc, remplies de sable ou dégagées par les archéologues, subsistent pour attester de leur existence antérieure.

Chaque tombe avait une chapelle, où les prêtres et les parents offraient de la nourriture et des prières au défunt. Les chapelles se trouvaient incluses dans l'architecture des mastabas de pierre, mais les chapelles mortuaires des pyramides, où les pharaons sont enterrés, étaient des temples distincts, construits à l'est de la pyramide, et reliés par un passage à un vestibule principal, ou propylée, au bord du plateau rocheux. La chapelle centrale qui conduit à la seconde pyramide, à moitié enfouie sous les sables, a une ouverture souterraine au sud-est du Sphinx. Une solide tradition lui a donné le nom de « temple du Sphinx », ce qui se justifie si le Sphinx représente vraiment Khéphren, le bâtisseur de la seconde pyramide. Il existe des récits qui font mention d'un Sphinx antérieur à Khéphren, mais personne ne connaîtra jamais les traits de son visage, puisque le monarque les a remplacés par les siens, afin que les hommes puissent regarder le colosse sans effroi. C'est dans ce temple central que la statue grandeur nature de Khéphren, en diorite, à présent au musée du Caire, fut trouvée. Cette statue m'impressionna beaucoup, et quand je la vis, en 1910, l'édifice était presque entièrement enfoui dans le sol, et son entrée était condamnée la nuit. C'étaient des Allemands qui étaient responsables des travaux, et la guerre ou d'autres événements ont pu les interrompre. Je donnerais cher pour savoir ce qu'il est advenu d'un certain puits, dans une galerie transversale, où des statues du pharaon ont été trouvées juxtaposées à celles de babouins. C'étaient des rumeurs qui circulaient parmi les Bédouins mais Le Caire resta muet à ce propos.

La route que nous suivions sur nos chameaux ce matin-là s'incurvait brusquement devant le siège de la police, la poste, la pharmacie et les boutiques sur la gauche. Elle plongeait ensuite vers le sud-est, en formant une boucle qui cernait le plateau rocheux, et qui s'arrêtait face au désert, juste au pied de la Grande Pyramide. Nous dépassâmes cette construction cyclopéenne, longeant la face est, qui surplombe une vallée de pyramides plus petites, au-delà desquelles le Nil éternel scintille à l'est et le désert éternel brille à l'ouest. Les trois grandes pyramides semblaient toutes proches. La plus grande dépourvue de son enveloppe extérieure, laissant voir ses énormes pierres, tandis que les autres étaient encore couvertes, çà et là, du revêtement qui leur donnait autrefois un aspect lisse et fini. Maintenant, nous descendions vers le Sphinx, et nous demeurâmes silencieux sous le charme de ses terribles yeux sans regard. Sur le large portail de pierre, nous discernâmes vaguement l'emblème de Rê-Horakhty, avec lequel on confondit le Sphinx dans une dynastie ultérieure. Bien que le sable recouvrît la plaque qui se trouvait entre les gigantesques pattes, nous nous remémorâmes ce que Thoutmôsis IV y avait inscrit, et le songe qu'il avait eu quand il n'était encore que prince. Ce fut alors que le sourire du Sphinx nous mit vaguement mal à l'aise. Nous commençâmes à nous interroger sur la légende des passages souterrains situés sous la créature monstrueuse, passages qui conduisent à des profondeurs auxquelles personne n'ose faire allusion. Ces abîmes sont reliés à des mystères plus anciens que les dynasties que nous mettons au jour et qui ont un rapport sinistre avec la présence persistante de dieux anormaux, à têtes d'animaux, dans les anciens panthéons de la région du Nil. C'est alors que je me posai une question dont la signification tragique ne m'apparut pas avant bien longtemps. D'autres touristes commençaient à nous dépasser, et nous nous rendîmes cinquante mètres plus loin, au sud-est, à l'entrée du temple du Sphinx que j'ai déjà signalée comme étant la grande entrée du passage menant à la chapelle mortuaire de la seconde pyramide. Une importante partie de ces vestiges était encore enfouie dans les sables. Tout en descendant de ma monture et en empruntant un passage moderne pour atteindre le couloir d'albâtre et la grande salle à piliers, j'eus l'impression qu'Abdul et l'employé allemand ne nous montraient pas tout ce qu'il y avait à voir...

Après cela, nous fîmes le circuit conventionnel des

pyramides, visitant la deuxième pyramide et les ruines de sa chapelle mortuaire à l'est, la troisième et les pyramides miniatures au sud, ainsi que la chapelle en ruine à l'est, les tombes rocheuses des IVe et Ve dynasties et la fameuse tombe de Campbell, dont l'orifice obscur s'enfonce à cinquante-trois mètres sous terre, jusqu'à un sarcophage sinistre que l'un de nos chameliers débarrassa du sable qui le recouvrait après une descente vertigineuse au bout d'une corde. Des cris nous parvinrent de la Grande Pyramide, où des Bédouins entouraient un groupe de touristes pour leur proposer d'assister à l'ascension rapide du monument. Le record de vitesse de la montée et de la descente est de sept minutes. Mais de nombreux indigènes avides d'argent nous assurèrent qu'ils pouvaient le faire en cinq minutes, si on leur donnait un large *bakchich*. Il n'y eut aucun amateur. Abdul nous emmena lui-même au sommet de l'édifice, ce qui nous permit d'avoir une vue d'une splendeur inégalée. Il y avait là, non seulement Le Caire lointain et lumineux entouré de collines violettes et or, mais aussi toutes les pyramides de la région de Memphis, d'Abu Roash au nord jusqu'à Dahchour au sud.

La pyramide à degrés de Sakkara, qui marque le passage du mastaba à la pyramide véritable, apparaissait distinctement, et de manière attirante, au loin, dans le sable. C'est près de ce monument de transition que la tombe célèbre de Perneb fut découverte, à près de quatre cents miles au nord de la vallée rocheuse de Thèbes où dort Toutankhamon. De nouveau, le respect me coupa le souffle. La perspective d'intemporalité et les secrets que chacun de ces vieux monuments semblait contenir me remplissaient de respect et d'un sens de l'immensité que je n'avais jamais éprouvé auparavant. Fatigués par nos ascensions, et agacés par des Bédouins importuns, dont les actions semblaient un défi à toutes les règles du bon goût, nous négligeâmes de pénétrer dans les passages étroits des pyramides. Nous vîmes cependant quelques touristes audacieux se préparer à entrer dans le boyau suffocant du puissant mémorial de

Khéops. Après avoir renvoyé notre garde du corps local, et l'avoir surpayé, nous rentrâmes au Caire avec Abdul Reis. Mais l'après-midi, nous nous prîmes à regretter de ne pas avoir été plus courageux. On racontait tant de choses fascinantes sur ces souterrains ! Des choses qui ne figuraient évidemment pas dans les guides. Ne disait-on pas qu'il y avait un grand nombre de souterrains dont les entrées avaient été hâtivement murées et dissimulées par certains archéologues discrets, qui avaient commencé à les explorer ? Bien entendu, ces rumeurs ne reposaient sur rien de précis, mais il était tout de même curieux que l'on empêchât d'une façon permanente les visiteurs de pénétrer de nuit dans les pyramides, et qu'on leur interdît le jour l'accès des salles inférieures de la crypte de la Grande Pyramide.

Peut-être, dans ce dernier cas, craignait-on l'effet psychologique, le sentiment qu'aurait le visiteur de se sentir enfoui sous ce bloc gigantesque de maçonnerie, cela joint au fait qu'il lui aurait fallu ramper dans un étroit boyau, que le moindre traquenard ou le plus petit accident pourrait obstruer. Toute cette histoire semblait à la fois si étrange et si attirante que nous décidâmes dès que possible de retourner sur le plateau des pyramides. Cette occasion s'offrit à moi bien plus tôt que je ne l'attendais. Ce soir-là, les touristes de notre groupe, encore épuisés par l'exténuant programme de la journée, décidèrent de se reposer. Je sortis donc avec Abdul Reis pour refaire une promenade dans le pittoresque quartier arabe. Je l'avais déjà vu dans la journée, mais je désirais examiner les ruelles et le bazar à la nuit tombée, quand les ombres profondes et les douces lueurs de la lumière ajoutaient à la splendeur du cadre. La foule se faisait plus rare, mais l'endroit était encore animé et bruyant, lorsque nous tombâmes sur un groupe de Bédouins en train de festoyer dans le souk Nakhasin, le bazar des ouvriers du cuivre. Celui qui semblait être leur chef, un jeune homme arrogant aux traits lourds et au tarbouche insolemment penché, nous remarqua et reconnut manifestement avec déplaisir mon guide, homme compétent, mais hautain et méprisant. Peut-être, pensai-je, en voulait-il à son sourire, à cette étrange reproduction du rictus du Sphinx que j'avais souvent remarquée avec une irritation amusée, ou peut-être n'aimait-il pas la voix basse et sépulcrale d'Abdul. En tout cas, l'échange d'injures ancestrales devint rapidement très vif. Et bientôt Ali Ziz, comme on l'appelait quand on ne lui donnait pas de nom plus méprisant, commença à tirer violemment le vêtement d'Abdul, ce qui engendra immédiatement une réponse brutale qui dégénéra en une vigoureuse empoignade, au cours de laquelle les antagonistes perdirent leur sacro-saint couvre-chef. Cette rixe serait probablement devenue plus grave si je n'étais pas intervenu pour les séparer de force. Ma médiation, qui sembla tout d'abord mal acceptée des deux côtés, réussit finalement à imposer une trêve. Les belligérants rengainèrent leur colère d'un air morose et remirent de l'ordre dans leurs vêtements. Avec une dignité aussi profonde qu'elle fut soudaine, tous deux conclurent un curieux pacte d'honneur, qui, je l'appris bientôt, est une coutume cairote remontant à la plus haute Antiquité. Ils allaient régler leur différend par un combat de boxe nocturne au sommet de la Grande Pyramide, après le départ du dernier amateur de clair de lune. Chacun des combattants devait réunir une équipe de témoins, et la rencontre, une succession de rounds se déroulant de la manière la plus civilisée possible, devait avoir lieu à minuit. Tout ce programme m'excitait beaucoup. Le combat lui-même promettait d'être spectaculaire, et la pensée de cette scène au sommet de l'antique construction dominant le plateau antédiluvien, sous la lune blême des premières heures pâles du matin, mit en branle toutes les fibres de mon imagination. A ma demande, Abdul fut tout à fait d'accord pour m'intégrer dans son groupe de témoins. Je l'accompagnai donc, pendant le restant de la soirée, dans différents repaires du quartier le plus « chaud » de la ville, principalement au nord-est de Ezbekiyeh, où il rassembla une formidable bande de coupe-jarrets. Peu après neuf heures, notre groupe, monté sur des ânes qui portaient des noms aussi royaux ou aussi propres à rappeler des souvenirs aux touristes que Ramsès, Mark

Twain, J.P. Morgan et Minnehaha, sillonnait le dédale des rues à la fois orientales et occidentales. Nous passâmes le Nil, boueux et couvert de mâts, sur le pont aux lions de bronze, et gagnâmes au petit galop la route de Gizeh. Le voyage nous prit un peu plus de deux heures. En arrivant à destination, nous croisâmes les derniers touristes qui revenaient, saluâmes l'ultime trolley de la journée, et nous fûmes enfin seuls avec la nuit, le passé et la lune spectrale. Puis nous aperçûmes les vastes pyramides à l'extrémité de l'avenue. Elles paraissaient macabres et chargées d'une étrange et atavique menace que je n'avais pas remarquée en plein jour. Même la plus petite d'entre elles avait quelque chose d'effrayant. N'était-ce pas celle où l'on avait enterrée vivante la reine Nitocris, de la VIe dynastie ! La subtile reine Nitocris, qui avait invité un jour tous ses ennemis à un grand festin dans un temple situé en contrebas du Nil, et qui les avait noyés en faisant ouvrir les vannes. Je me souvins que les Arabes murmuraient d'étranges choses au sujet de Nitocris et évitaient la troisième pyramide à certains quartiers de la lune. Et c'est probablement en songeant à elle que Thomas Moore écrivit ces quelques lignes reprises par les bateliers de Memphis :

La nymphe souterraine qui réside parmi les gemmes sans soleil et les joyaux cachés — la Dame de la Pyramide.

Malgré notre célérité, Ali Ziz et son groupe nous avaient précédés, car nous vîmes les silhouettes de leurs ânes se détacher sur le plateau désertique de Kafr el-Haram. Nous nous étions dirigés vers un sordide campement arabe, près du Sphinx, évitant la route régulière qui mène à Mena House, où des policiers ensommeillés et inefficaces auraient pu nous voir et nous interpeller. Là, les Bédouins laissèrent, près des tombes de pierre des courtisans de Khéphren, les chameaux et les ânes, et nous conduisirent parmi les rochers ensablés jusqu'à la Grande Pyramide. Les Arabes grimpèrent allégrement sur les flancs de l'édifice rongés par le temps. Abdul Reis m'offrit une aide dont je n'eus pas besoin. Ainsi que la plupart des voyageurs le savent, le véritable sommet de cette construction a été depuis longtemps érodé par les vents et il forme une plate-forme d'environ douze mètres carrés. C'est sur ce plateau fantastique et sous l'œil sardonique de la lune que se déroula le combat. Mis à part les cris poussés par les spectateurs, il ressemblait à tous ceux auxquels j'avais assisté précédemment dans les clubs sportifs. Coups, feintes, parades, le combat fut bref, et malgré mes doutes quant aux méthodes utilisées, je ressentis une sorte de fierté de propriétaire quand Abdul Reis fut déclaré vainqueur. La réconciliation fut incroyablement rapide, et au milieu des chansons, des déclarations d'amitié et des toasts qui suivirent, j'avais du mal à réaliser que deux hommes venaient de se battre. Au bout d'un moment, j'eus l'impression d'être le centre des conversations. D'après mes rudiments d'arabe, je compris que mes compagnons discutaient de mes performances professionnelles et de mes capacités à m'échapper de tous les endroits où l'on pouvait m'enfermer. Je fus surpris d'apprendre qu'ils me connaissaient aussi bien, mais je décelai chez eux une certaine hostilité et beaucoup de scepticisme à l'égard de mes exploits. Peu à peu, j'eus la révélation que l'ancienne magie de l'Egypte n'avait pas disparu sans laisser de traces. Les fragments d'une étrange science secrète et de pratiques religieuses survivaient encore subrepticement parmi les fellahs, au point que les exploits d'un étrange sorcier ou magicien sont encore contestés et ressentis comme un affront. Je pensai que mon guide à la voix basse, Abdul Reis, ressemblait fort à un vieux prêtre égyptien ou à un pharaon, ou à un sphinx souriant, et cela me rendit mal à l'aise. Soudainement, quelque chose se produisit, qui en un éclair prouva la justesse de mes réflexions et me fit maudire la stupidité avec laquelle j'avais accepté les événements de la nuit, sans me rendre compte qu'ils n'avaient été que des prétextes. Brusquement, en réponse à un signe discret d'Abdul, toute la bande de Bédouins se jeta sur moi. Et à l'aide de grosses cordes, ils m'eurent bientôt attaché, plus solidement que je l'ai jamais été, sur scène ou ailleurs, au cours de ma vie. Je commençai à me débattre, mais je me rendis bientôt compte qu'un homme seul ne pouvait tenir tête à une vingtaine de barbares vigoureux. Mes mains furent liées derrière mon dos, mes genoux pliés au maximum, et mes poignets et mes chevilles furent solidement attachés avec des cordes serrées. Un bâillon étouffant fut enfoncé dans ma bouche et on me plaça un bandeau sur les yeux. Puis tandis que les Arabes me portaient sur leurs épaules et descendaient le long de la pyramide, j'entendis les sarcasmes de mon guide, qui prenait un malin plaisir à se moquer de moi. Il m'assura que mes pouvoirs magiques allaient bientôt être mis à l'épreuve et qu'ils effaceraient sûrement toute trace de l'assurance que j'avais acquise précédemment au cours des épreuves que j'avais affrontées en Amérique et en Europe. L'Egypte, me rappela-t-il, est très ancienne. Elle est remplie de mystères et d'antiques pouvoirs que les experts d'aujourd'hui ne peuvent pas même concevoir.

A quelle distance et dans quelle direction m'emmena-t-on ? Je ne saurais le dire. J'étais hors d'état de faire une estimation précise. Je sais cependant que ce ne fut pas bien loin, puisque mes geôliers n'accélérèrent jamais le pas, et qu'ils me portèrent sur leurs épaules un temps étonnamment court. Je frissonne encore toutes les fois que je pense à Gizeh et à son plateau. Mais j'avais à ce moment-là d'autres raisons de me sentir oppressé, car mes ravisseurs, me posant sur une surface que je reconnus pour être de sable plutôt que de roc, me passèrent une corde autour de la poitrine et me traînèrent sur quelques mètres, jusqu'à une espèce de puits dans lequel ils me poussèrent assez brutalement. Pendant ce qui me sembla être des siècles, je me cognai contre les parois de pierre irrégulières d'un petit boyau, que je pris pour l'une des nombreuses sépultures du plateau. J'avais l'impression de descendre jusqu'à une profondeur prodigieuse et presque incroyable. L'horreur de ma situation s'aggravait à chaque seconde. Qu'une descente à travers les rochers puisse être aussi longue sans atteindre le cœur même de la planète ou qu'une corde puisse être assez longue pour me balancer dans ces profondeurs maudites, et apparemment sans fond, des entrailles de la terre, cela me paraissait inconcevable. Je sais à quel point la notion du temps peut devenir trompeuse lorsque l'on est hors de son contexte normal, mais j'étais tout à fait sûr d'avoir conservé tous mes esprits et de ne pas exagérer la cruelle réalité dans laquelle je me trouvais. Ma terreur augmentait proportionnellement à la vitesse de ma chute. A présent, les Arabes dévidaient la longue corde très rapidement, et je m'égratignai cruellement contre les parois rudes et resserrées du puits. Mes vêtements étaient en lambeaux, et je saignais abondamment. Une menace à peine définie assaillit tout à coup mes narines. C'était une odeur pénétrante d'humidité et de pourriture, qui ne ressemblait à rien de ce que j'avais senti auparavant. Puis le cataclysme mental se produisit. Ce fut horrible, hideux au-delà de toute description, parce que tout se passa dans l'âme, et il est impossible d'en donner les détails. C'était l'extase d'un cauchemar, et le point culminant du démoniaque. Sa soudaineté fut apocalyptique et satanique — à un moment, je plongeais douloureusement dans ce point étroit qui me torturait de ses millions de dents, et à un autre j'étais en train de flotter sur des ailes de chauves-souris dans les gouffres de l'enfer. Je m'élevais vertigineusement vers les pinacles sans limites de l'éther froid, puis plongeais à perdre haleine vers des nadirs nauséabonds. Je rends grâces à Dieu d'avoir fait sombrer dans le néant les furies de ma conscience qui déchiraient mon esprit comme des harpies. Ce répit, si bref fût-il, me donna la force physique et morale d'endurer les épreuves encore plus grandes de panique cosmique qui m'attendaient.

Peu à peu, je repris mes sens après cette interminable chute dans l'espace stygien. Ce processus fut infiniment douloureux et coloré de rêves fantastiques dans lesquels ma condition, pieds et poings liés, revenait souvent. La nature exacte de ces cauchemars était très nette, tandis que je les vivais, mais s'estompa dans ma mémoire presque immédiatement. J'en fus bientôt réduit à faire appel à des réminiscences pour expliquer les événements terribles, réels ou imaginaires, qui suivirent. Je rêvai que j'étais sous l'emprise d'une énorme patte, une patte jaune, poilue, à cinq griffes, surgie de la terre pour me saisir et m'écraser. Et quand je m'arrêtai à réfléchir sur cette patte, il me sembla que c'était l'Egypte. Dans le rêve, je revis les événements des semaines précédentes et je me sentis entraîné, subtilement et insidieusement, dans les mailles infernales de la sorcellerie ancienne du Nil, par un esprit qui était en Egypte avant l'Homme, et qui sera toujours là quand l'Homme aura disparu.

Je vis l'horreur de ce que l'Antiquité égyptienne avait de plus affreux, et je découvris la monstrueuse alliance qu'elle avait depuis toujours établie avec les tombeaux et les temples des morts. Je vis des processions fantômes de prêtres aux têtes de taureaux, de faucons, de chats et d'ibis, qui défilaient interminablement dans des labyrinthes souterrains et des propylées titanesques, auprès desquels l'homme n'est qu'un insecte, offrant des sacrifices innommables à des dieux indescriptibles. Des colosses de pierre marchaient dans la nuit sans fin et conduisaient des hordes d'androsphinx ricanants jusqu'aux berges de fleuves d'obscurité aux eaux stagnantes. Et derrière tout cela, je vis la malveillance indicible de la nécromancie primaire, noire et amorphe, me cherchant goulûment à tâtons dans l'obscurité pour étouffer en moi l'esprit qui avait osé l'imiter. Dans mon cerveau endormi, un mélodrame de haine et de sinistre poursuite prit forme. Je perçus l'âme noire de l'Egypte qui me désignait et m'appelait en d'inaudibles chuchotements. Elle m'attirait et m'entraînait irrésistiblement jusqu'aux catacombes pharaoniques sans âge. Puis les visages du songe commencèrent à prendre des apparences humaines, et je vis mon guide Abdul Reis en tunique royale, avec le sourire méprisant du Sphinx. Et je sus que ses traits étaient ceux de Khéphren le Grand, ceux de la face du Sphinx. Et je regardai la longue main, maigre et rigide, de Khéphren, cette main que j'avais vue sur la statue de diorite au musée du Caire. Je m'étonnai de ne pas hurler quand je vis qu'elle était celle d'Abdul Reis... Cette main ! C'était le froid et l'étau du sarcophage... La glace et l'étreinte mortelle de l'Egypte ancienne. L'Egypte des nécropoles et de la nuit... Cette patte jaune... Les choses étranges que l'on chuchote au sujet de Khéphren...

Mais à ce moment précis, je commençai à m'éveiller, ou du moins à sortir de l'état comateux dans lequel je me trouvais. Je me souvins du combat au sommet de la pyramide, de la traîtrise des Bédouins et de leur attaque, de ma descente effrayante au bout d'une corde dans des profondeurs rocheuses insondables, de mon plongeon vertigineux et insensé dans un vide glacé aux relents de putréfaction. J'eus la sensation d'être à présent étendu sur un sol de pierre humide, mes liens pénétrant cruellement dans ma chair. Il faisait très froid, et il me sembla qu'un léger courant d'air passait au-dessus de moi. Les contusions et les coupures provoquées par les parois hérissées du puits rocheux me faisaient énormément souffrir, et la douleur était encore avivée par ce souffle d'air. Le simple fait de rouler sur moi-même suffisait à me faire passer par les affres de la souffrance la plus intolérable. En me tournant, je me sentis retenu d'en haut par la corde qui m'avait descendu. Je n'avais aucune idée de la profondeur à laquelle je me trouvais. Je savais que l'obscurité autour de moi était totale ou presque, puisque aucune lueur ne traversait le bandeau que j'avais sur les yeux. Il me semblait que je me trouvais dans un espace très vaste, peut-être me trouvais-je dans la chapelle d'entrée souterraine de Khéphren le Vieux, dans le temple du Sphinx ? Peut-être était-ce un couloir intérieur que les guides ne m'avaient pas montré pendant ma visite du matin, et d'où je pourrais facilement m'échapper si je retrouvais le chemin de l'entrée condamnée. Ce serait un parcours difficile, mais pas pire que celui que j'avais déjà effectué. La première étape consistait à me débarrasser de mes liens, de mon bâillon et de mon bandeau. Cela, je le savais, ne serait pas une tâche bien difficile, puisque des experts plus habiles que ces Arabes avaient essayé sur moi toutes les espèces connues de liens, sans réussir jamais à me prendre en défaut. Puis il me vint à l'idée que les Arabes pourraient bien aller m'attendre à l'entrée pour m'attaquer, dès qu'ils s'apercevraient que je m'étais libéré de leur corde. Cela, bien entendu, en admettant que le lieu de mon emprisonnement fût bien le temple du Sphinx de Khéphren. L'ouverture dans le toit, où qu'elle donnât, ne devait pas se trouver très loin de l'entrée normale. Je n'avais remarqué aucune ouverture de ce genre pendant ma visite de la journée, mais je savais que l'on peut très facilement passer à côté de ces cavités enfouies dans le sable sans les voir. En réfléchissant à toutes ces choses, tandis que j'étais prostré sur le sol de pierre et ligoté, j'oubliais presque les horreurs de ma descente abyssale et des chocs qui m'avaient mis dans le coma si peu de temps auparavant. Ma seule pensée était de réussir à me jouer des Arabes. Je décidai donc de me libérer de mes liens aussi vite que possible, en évitant de tirer sur la corde, ce qui eût trahi immédiatement mes efforts. Mais cette décision fut plus vite prise que réalisée. Quelques essais préliminaires me prouvèrent qu'il était impossible de tenter quoi que ce fût sans effectuer des mouvements violents. Cela attira l'attention des Bédouins, car je sentis les rouleaux de corde tomber sur moi. Apparemment, ils avaient compris que j'essayais de me libérer et ils avaient laissé tomber l'extrémité de la corde, se hâtant probablement vers l'entrée véritable du temple pour guetter traîtreusement ma sortie. Cette idée fut bientôt balayée, et toutes mes appréhensions premières d'horreur surnaturelle et de mystère démoniaque s'accrurent par une circonstance qui prit une signification de plus en plus effrayante au fur et à mesure que j'élaborais mon plan philosophique. J'ai dit que la corde s'empilait sur moi. A présent, je me rendais compte qu'elle continuait à s'amonceler, d'une manière tout à fait inconcevable pour une corde de longueur normale. Elle prit de la puissance, et devint une avalanche de chanvre s'amoncelant sur le sol et m'ensevelissant à moitié sous ses rouleaux qui se multipliaient rapidement. Bientôt, je fus complètement submergé, et je suffoquai tandis que les circonvolutions sans cesse croissantes m'enterraient et m'étouffaient. Mes sens vacillèrent de nouveau, et j'essayai en vain de lutter contre cette menace inéluctable.

Ce qui me troublait le plus, ce n'était pas tant le fait que j'étais torturé au-delà de l'endurance humaine, ni que la vie et la respiration me quittaient lentement, mais c'était de saisir ce que la longueur surnaturelle de cette corde impliquait. J'étais bien à une profondeur inconnue et incalculable. Ma descente sans fin et ma chute vertigineuse à travers l'espace avaient donc réellement eu lieu. Je me trouvais sans doute étendu, désarmé, dans quelque caverne sans nom, au cœur de la planète. Cette soudaine prise de conscience de l'épouvante ultime fut insupportable. Et pour la deuxième fois, je sombrai dans un oubli miséricordieux. Quand je dis oubli, cela ne signifie pas que je n'avais pas de rêves. Au contraire, mon absence de l'univers conscient était marquée par des visions de l'horreur la plus indicible. Dieu ! Si seulement je n'avais pas lu autant de choses sur l'égyptologie avant de venir dans ce pays qui est la source de toute obscurité et de toute terreur ! Ce deuxième accès d'inconscience emplit de nouveau mon esprit endormi des secrets terrifiants et archaïques du pays. Par un détestable hasard, mes rêves tournaient autour des anciennes notions des morts et de leurs séjours dans l'âme et dans le corps, par-delà ces tombes mystérieuses qui étaient plus des maisons que des sépultures. Je me remémorai, dans des rêves dont il est heureux que je ne me souvienne pas, la construction particulière et compliquée des sépulcres égyptiens, et les doctrines extrêmement bizarres et étranges qui avaient présidé à leur construction. La mort et les morts étaient l'unique pensée de ce temple. Ils croyaient en la résurrection du corps, et l'embaumaient avec un soin particulier, en préservant les organes vitaux dans des jarres hermétiquement fermées à côté du corps. Ils croyaient également en deux autres éléments, l'âme, qui, après avoir été jugée par Osiris, résidait au pays des Elus, et l'obscur et sinistre Ka, ou principe de vie, qui errait dans les mondes supérieurs et inférieurs d'une manière horrible, exigeant de temps en temps l'accès aux corps préservés, consommant les nourritures apportées par les prêtres et les parents à la chapelle mortuaire, et parfois — comme on le murmurait — emportant le corps, ou son double de bois qui était toujours enterré à ses côtés, et se livrant à des pratiques malsaines et particulièrement répugnantes. Pendant des milliers d'années, ces corps demeuraient magnifiquement enfermés, leurs yeux vitreux fixant le plafond quand ils n'étaient pas visités par le Ka, attendant le jour où Osiris ferait revivre à la fois le Ka et l'âme, et conduirait les légions raides des morts hors des demeures souterraines du sommeil. Ce serait une résurrection glorieuse, mais toutes les âmes n'étaient pas choisies, et toutes les tombes n'étaient pas inviolées, de telle sorte qu'il fallait s'attendre à des erreurs grotesques et à des anomalies épouvantables. Même aujourd'hui, les Arabes parlent à voix basse de réunions non sanctifiées et de cultes inavouables dans les abysses oubliés, que seuls des Ka invisibles et ailés et des momies sans âme peuvent visiter. Les légendes les plus glaçantes sont celles qui ont trait à certains produits pervers de la prêtrise décadente : des momies faites de l'assemblage artificiel de troncs et de membres humains avec des têtes d'animaux à l'imitation des dieux anciens. A toutes les époques de l'Histoire, les animaux sacrés étaient embaumés de façon que les taureaux, les chats, les ibis, les crocodiles sorciers puissent un jour revenir en pleine gloire. Mais ce n'est que dans la période décadente que des Egyptiens réunirent l'humain et la bête en une même momie, à une époque où ils ne comprenaient plus les droits et prérogatives du Ka et de l'âme. On ne parle pas, du moins publiquement, de ce qui est arrivé à ces momies composées, et il est certain qu'aucun égyptologue n'en a jamais trouvé. Les bruits que les Arabes font courir sont très fantaisistes, et ne peuvent pas être pris sérieusement en considération. Ils disent même que le vieux Khéphren — celui du Sphinx, de la seconde pyramide et du temple béant — vit dans les profondeurs de la terre, ayant épousé la reine vampire Nitocris, et qu'il règne sur les momies qui ne sont ni hommes ni bêtes. C'était donc de Khéphren, de son épouse et de ses étranges armées de morts hybrides que je rêvais, et c'est pourquoi je suis content que les formes exactes de mes rêves aient disparu de ma mémoire. Ma vision la plus horrible était en rapport avec une question que je m'étais posée le jour précédent, en regardant l'énigmatique sculpture du désert, quand je m'étais demandé à quelle profondeur inconnue le temple qui s'élevait à ses côtés devait être secrètement relié à elle. Cette question, alors si innocente et incongrue, prenait dans mon rêve une importance qui lui donnait un caractère d'obsession frénétique et hystérique... Quelle anomalie énorme et repoussante représentait le Sphinx à l'origine ? Mon deuxième réveil, si réveil il y eut, fut marqué par le souvenir d'une horreur profonde. Et pourtant, ma vie avait été plus remplie d'aventures que celle du commun des mortels. Souvenez-vous que j'avais perdu conscience sous une cascade de corde dont la longueur révélait la profondeur cataclysmique de ma position. Maintenant, ayant recouvré l'usage de mes sens, je ne sentais plus le poids qui pesait sur moi, et en roulant sur moi-même, je me rendis compte que tout en étant encore bâillonné et aveuglé, quelque chose ou quelqu'un avait complètement emporté les rouleaux de chanvre qui m'étouffaient. La signification de cet événement ne me vint que peu à peu, et je pense que j'aurais de nouveau perdu conscience si je n'avais pas déjà à ce moment-là atteint un tel état d'épuisement émotionnel qu'une horreur de plus ou de moins ne faisait plus aucune différence. J'étais seul... mais avec quoi ? Avant que je pusse me torturer avec de nouvelles questions ou faire un nouvel effort pour me libérer de mes liens, un autre élément devint manifeste. Des douleurs que je n'avais pas ressenties jusque-là me déchiraient les bras et les jambes, et j'avais l'impression d'être couvert d'une quantité de sang séché bien supérieure à celle que j'avais perdue. Ma poitrine semblait percée de centaines de blessures, comme si un ibis cruel et titanesque m'avait frappé à coups de bec. Sans aucun doute, la puissance qui avait retiré la corde m'était hostile et avait commencé à m'infliger de terribles blessures, mais elle avait été obligée de s'arrêter. Et pourtant mes sensations étaient exactement le contraire de celles auxquelles on aurait pu s'attendre.

Au lieu de m'enfoncer dans un désespoir sans nom, je me sentis prêt à l'action. A présent j'étais sûr que les forces du mal étaient des éléments physiques qu'un homme sans peur peut affronter d'égal à égal. Encouragé par cette pensée, je tirai sur mes liens et j'utilisai l'habileté d'une vie entière pour me libérer comme je l'avais si souvent fait sous les projecteurs et les applaudissements des foules. Les détails familiers du processus d'évasion commencèrent à me revenir, et maintenant que la longue corde avait disparu, je commençai à croire que ces horreurs suprêmes avaient été des hallucinations et qu'il n'y avait jamais eu d'ouverture terrifiante, d'abîme sans fond ou de corde interminable. Après tout, étais-je bien dans le temple d'entrée de Khéphren, près du Sphinx, et les Arabes ne s'étaient-ils pas introduits furtivement pour me torturer tandis que j'étais étendu sans défense ? En tout cas, je devais me libérer. Que j'arrive seulement à me lever, délivré de mes liens et de mon bâillon, avec les yeux ouverts pour percevoir la moindre lueur, je prendrais un vrai plaisir à me battre contre des ennemis perfides. Combien de temps je mis à me délivrer de mes entraves, je ne pourrais le dire, cela prit probablement plus longtemps que lors de mes exhibitions, car j'étais blessé, épuisé, et affaibli par les épreuves que j'avais subies. Quand, finalement, je fus libre, et que je pus respirer un air glacé, humide et putride, d'autant plus horrible que je n'avais plus l'écran du bâillon ou du bandeau pour me protéger, je découvris que j'étais trop épuisé et torturé de crampes pour me mouvoir immédiatement. Je restai donc étendu, essayant d'étirer mon corps recroquevillé et engourdi, pendant un temps indéfini, forçant ma vue à essayer de percer les ténèbres pour m'orienter. Petit à petit, mes forces et ma souplesse me revinrent, mais mes yeux n'apercevaient pas la moindre lueur. En vacillant sur mes jambes, je scrutai vainement autour de moi pour ne rencontrer que l'obscurité, aussi profonde que celle qui m'avait entouré quand j'avais mon bandeau. Je remuai mes jambes, couvertes de sang séché sous mon pantalon en lambeaux, et je découvris que je pouvais marcher. J'hésitai sur la direction à prendre. Il était évident que je ne pouvais pas partir au hasard, et courir le risque de m'éloigner de l'ouverture que je cherchais. C'est pourquoi je m'arrêtai, pour essayer de déterminer la direction du courant d'air frais, fétide, que je n'avais cessé de sentir. Supposant que l'endroit d'où il provenait était l'entrée probable de cet abîme, je m'efforçai de garder ce repère et de marcher dans cette direction. J'avais emporté ce soir-là une boîte d'allumettes et même une petite lampe électrique, mais bien sûr les poches de mes vêtements déchirés et en lambeaux étaient vides à présent. Tandis que je marchais prudemment dans l'obscurité, le courant d'air se fit plus fort et plus marqué, jusqu'à ce que, enfin, je le perçoive comme la tangible émanation d'une vapeur détestable, provenant de quelque orifice, comme la fumée du génie s'échappant de la jarre du pêcheur dans le conte oriental. L'Orient... L'Egypte... Vraiment, ce noir berceau de la civilisation avait toujours été la source d'horreurs et de merveilles indicibles.

Plus je réfléchissais à la nature de ce vent caverneux, plus grandissait mon inquiétude, car j'avais cherché son origine et je m'apercevais maintenant que de toute évidence, cette émanation putride n'avait aucun rapport avec l'air pur du désert de Libye. Ainsi donc, j'avais marché dans la mauvaise direction?

Après un moment d'hésitation, je décidai de ne pas retourner sur mes pas. Si je m'éloignais du courant d'air, je n'aurais plus de repère, car le sol de pierre inégal ne présentait pas de configurations distinctes. Si toutefois je suivais la trace de ce courant bizarre, j'arriverais sans aucun doute à un orifice quelconque d'où je pourrais peut-être contourner les murs pour atteindre le côté opposé de cette caverne cyclopéenne où il était impossible de se diriger. Je savais parfaitement que je pouvais échouer. J'avais lieu de croire que c'était une partie du temple de Khéphren inconnue des touristes, et il me vint à l'idée que cette caverne était peut-être bien inconnue des archéologues eux-mêmes, et que seuls les perfides Arabes qui m'avaient emprisonné en connaissaient l'existence. Si c'était le cas, existait-il une issue vers les parties connues ou vers l'air libre? Quelle preuve avais-je, d'ailleurs, que je me trouvais dans le temple d'entrée? Pendant quelques secondes, mes idées les plus folles me revinrent, et je pensai à ce mélange vivace d'impressions, la descente, la suspension dans l'espace, la corde, mes blessures et les rêves. Etait-ce la fin de mon existence, cet instant que je vivais était-il le dernier? Je ne pouvais répondre à aucune de ces questions, mais je continuai à me les poser jusqu'à ce que le destin, pour la troisième fois, me fît sombrer dans l'oubli. Cette fois, il n'y eut pas rêve, car la soudaineté du choc ne me laissa pas le temps de penser. Trébuchant sur une marche inattendue à l'endroit où le courant d'air nauséabond devenait particulièrement fort, je fus précipité la tête la première au pied d'un escalier de pierre monumental, dans un gouffre d'horreur. Je dois ma survie à la vitalité et à la résistance merveilleuse de l'organisme humain. Souvent, lorsque je me remémore cette nuit, je sens ce que ces trois évanouissements ont de comique; leur répétition rappelait les mélodrames de cinéma de l'époque. Bien entendu, il est possible que ces trois événements ne se soient pas produits, et que toutes les péripéties de ce cauchemar souterrain n'aient été qu'une suite de songes qui commença avec le choc de ma chute dans l'abîme et se termina dans la fraîcheur apaisante de l'air libre, lorsque je me retrouvai étendu sur les sables de Gizeh, au pied du Grand Sphinx. Je préfère croire en cette dernière explication, et je fus content d'apprendre de la police que la barrière fermant le temple d'entrée de Khéphren avait été trouvée entrebâillée, et qu'il existait une grande ouverture sur la surface du plateau. Je fus content également que les docteurs déclarent que mes blessures étaient dues uniquement à mon enlèvement, à ma lutte pour me libérer et aux épreuves que j'avais endurées... Diagnostic très apaisant. Et pourtant, je sais qu'il y a quelque chose qui va au-delà des apparences. Cette chute extraordinaire m'a laissé un souvenir beaucoup trop vivace pour être négligé, et il est étrange que personne n'ait jamais été capable de trouver un homme répondant à la description de mon guide Abdul Reis el-Drogman, le guide à la voix d'outre-tombe, dont le sourire ressemblait à celui du roi Khéphren. Je me suis éloigné de mon récit dans le vain espoir sans doute d'éviter de raconter l'incident final, cet incident qui, très certainement, a dû être une hallucination. Mais j'ai promis de le relater, je ne manquerai pas à cette promesse. Quand je repris mes sens, ou que j'eus l'impression de reprendre mes sens après cette chute en bas de l'escalier de pierre, j'étais tout aussi seul et dans l'obscurité qu'auparavant. Le souffle nauséabond était à présent putride, mais j'avais suffisamment réussi à m'y accoutumer pour pouvoir le supporter stoïquement. A l'aveuglette, je commençai à m'éloigner en rampant de l'endroit d'où provenait la puanteur, et de mes mains en sang, je palpai les dalles colossales d'un pavage gigantesque. Ma tête heurta un objet dur, et quand je le touchai, je me rendis compte que c'était le pied d'une colonne, une colonne d'une grandeur incroyable dont la surface était couverte d'hiéroglyphes géants, que mes doigts reconnurent aisément. Continuant à ramper, je rencontrai d'autres colonnes titanesques, éloignées de façon incompréhensible. Soudainement, mon attention fut attirée par quelque chose qui avait frappé mon ouïe, avant que j'eusse repris vraiment conscience : d'un lieu situé encore plus bas, dans les entrailles de la terre, parvenaient certains sons cadencés et précis qui ne ressemblaient à rien de ce que j'avais entendu jusque-là. Je sentis intuitivement qu'ils étaient très anciens. Ils étaient produits par un groupe d'instruments que mes connaissances de l'égyptologie me permirent d'identifier : flûte, sambuque, sistre et tympan. Le rythme de cette musique me communiqua un sentiment d'épouvante bien plus puissant que toutes les terreurs du monde, une terreur bizarrement détachée de ma personne et ressemblant à une espèce de pitié pour notre planète qui renferme dans ses profondeurs tant d'horreurs. Les sons augmentèrent de volume et je les sentis s'approcher. Que tous les dieux de l'Univers s'unissent pour m'éviter d'avoir à entendre quelque chose de semblable à nouveau ! Je commençai à percevoir le piétinement morbide et multiplié de créatures en mouvement. Ce qui était horrible, c'était que des démarches aussi dissemblables pussent avancer avec un ensemble aussi parfait, les monstruosités venues du plus profond de la terre devaient s'être entraînées pendant des milliers d'années pour défiler de cette manière. Marchant, boitant, cliquetant, rampant, sautillant, tout se faisait au son horriblement discordant de ces instruments infernaux. C'est alors que je me mis à trembler. Je suppliai Dieu de m'ôter de la mémoire le souvenir de ces légendes arabes : les momies sans âme... le rendez-vous des Ka errants... les cadavres hybrides conduits dans les caves d'onyx par le roi Khéphren et son épouse vampire Nitocris... Le piétinement s'approchait — que le ciel m'épargne le son de ces pieds, de ces pattes, de ces sabots et de ces talons —, qui commençait à devenir distinct sur les dalles immenses et hors d'atteinte du soleil ; une étincelle jaillit dans le souffle empuanti, et je me dissimulai derrière la masse énorme d'une colonne cyclopéenne pour échapper un moment au spectacle des millions de pieds qui s'avançaient vers moi, portant des monstruosités immondes, inhumaines et sans âge. Les étincelles se multiplièrent, le piétinement et le rythme discordant devinrent assourdissants. Dans la tremblante lumière orange, se déroulait une scène qui inspirait un tel respect que, de surprise, j'en oubliai ma peur et ma répulsion. La base des colonnes, tellement grandes que la tour Eiffel en comparaison eût semblé minuscule, était recouverte de hiéroglyphes gravés par des mains monstrueuses, dans ces cavernes où la lumière du jour ne pouvait plus être qu'un lointain et inimaginable souvenir. Je ne regarderais pas ces choses en marche. Je pris cette décision désespérée en entendant craquer leurs jointures, et en respirant leur souffle nitrique. Encore heureux qu'ils ne parlassent pas. Mais, mon Dieu ! leurs torches projetaient des ombres incroyables sur la surface des gigantesques colonnes.

Des hippopotames ne devraient pas avoir des mains humaines ni porter des torches... Des hommes ne devraient pas avoir des têtes de crocodile ! J'essayai de détourner la tête, mais les ombres, les bruits, la puanteur étaient partout. Puis je me rappelai quelque chose que j'avais l'habitude de faire lorsque, petit garçon, j'avais des cauchemars, et je me mis à me répéter : « C'est un rêve, c'est un rêve. » Mais cela ne me fut d'aucune utilité. Il ne me restait plus qu'à fermer les yeux et à prier. Je me demandai si je reverrais jamais le monde, et de temps en temps j'ouvrais furtivement les yeux pour essayer de discerner autre chose que ces colonnes sans fin et ces ombres d'une grandeur anormale et horrible. La lueur des torches, qui se multipliaient, brillait maintenant, et à moins que cet endroit infernal ne fût dépourvu de murs, je ne tarderais pas à découvrir un point de repère. Mais je dus refermer mes yeux quand je me rendis compte du nombre des objets qui étaient rassemblés ici et lorsque j'aperçus un être sans jambes s'avancer solennellement et régulièrement dans le vestibule. Un gargouillement de cadavres, un murmure de morts emplirent l'atmosphère, empoisonnée par les vapeurs de naphte et de bitume. Mes yeux ouverts malgré moi entrevirent l'espace d'un instant une scène qu'aucun être humain ne pourrait même imaginer sans être pris de panique et mourir de peur. Les créatures avaient marché cérémonieusement dans la direction du souffle, et la lumière de leurs torches révéla les têtes courbées de ceux qui avaient des têtes. Ils étaient en train d'adorer une grande ouverture béante et obscure qui descendait presque à perte de vue, et qui était flanquée à angles droits de deux escaliers géants dont les extrémités disparaissaient dans l'ombre. L'un de ceux-ci était sans aucun doute celui dans lequel j'étais tombé. Les dimensions de l'ouverture étaient proportionnées à celles des colonnes : une maison ordinaire s'y serait perdue, et un bâtiment public aurait pu y tenir. Sa surface était tellement grande que l'on ne pouvait en faire le tour qu'en déplaçant son regard. Les créatures lançaient des objets devant cette immense porte béante, et de toute évidence, d'après leurs gestes, il s'agissait de sacrifices ou d'offrandes. Khéphren était leur chef, le roi Khéphren au sourire sardonique, ou bien était-ce le guide

Abdul Reis, couronné d'or, psalmodiant des formules sans fin, de la voix creuse des morts ? A côté de lui était agenouillée la belle reine Nitocris ; je la vis de profil pendant quelques instants et je remarquai que la partie droite de son visage avait été dévorée par des rats ou des vampires. Je fermai à nouveau les yeux quand je vis quels étaient les objets qui étaient jetés en offrande à l'ouverture fétide. Il me vint à l'idée, à en juger par l'ampleur de ce culte, que la divinité qui se dissimulait là devait être importante. Etait-ce Osiris ou Isis, Horus ou Anubis, ou quelque dieu inconnu ? Il existe une légende selon laquelle des autels et des monuments gigantesques furent élevés à l'Inconnu avant même que les dieux connus fussent adorés. Et maintenant, tandis que j'observais ces choses sans nom occupées à célébrer leur culte sépulcral, l'idée de l'évasion s'empara de moi. L'endroit était sombre, et les colonnes projetaient de l'ombre. Tandis que toute cette foule cauchemardesque était en extase, il me serait peut-être possible de me faufiler jusqu'à l'extrémité de l'un des escaliers. M'en remettant au destin et à mon habileté, j'essayai de m'échapper. Je n'avais aucune idée de l'endroit où je pouvais me trouver, et pendant un moment je trouvai comique de songer à m'évader de ce que je savais être un rêve. Etais-je dans l'un des royaumes cachés et insoupçonnés du temple de Khéphren, ce temple qui depuis des générations s'appelle le temple du Sphinx ? J'en étais réduit à des conjectures, mais j'étais décidé à remonter vers l'air libre, si mon esprit et mon corps me le permettaient. En rampant, je commençai à m'approcher de l'escalier de gauche, qui me semblait plus accessible. Je ne pourrais décrire les sensations de cette reptation, mais on peut facilement les imaginer si l'on pense que je devais constamment faire attention à la lueur des torches agitées par le vent. Je ne devais pas être surpris. Le bas de l'escalier était, comme je l'ai dit, dans l'ombre et s'élevait de façon vertigineuse au-dessus de l'ouverture titanesque. J'étais maintenant assez éloigné de la horde bruyante, dont le spectacle me glaçait malgré la distance. Je réussis enfin à atteindre les marches et commençai mon ascension. Je me tenais le plus près possible du mur, sur lequel je remarquai les plus horribles décorations. Les monstres étaient bien trop occupés par leur liturgie pour faire attention à moi. L'escalier était gigantesque et raide, taillé dans de grands blocs de porphyre, comme pour les pieds d'un géant. La crainte d'être découvert et la douleur que cet exercice raviva dans mes blessures s'allièrent pour faire de cette ascension une torture inoubliable. J'avais l'intention, en atteignant le sommet, de continuer à grimper tout l'escalier que je trouverais à cet endroit, je ne voulais pas m'arrêter pour jeter même un dernier regard à ces abominations putrides qui s'agenouillaient à vingt ou trente mètres au-dessous de moi, mais une brusque reprise de ce gargouillis de cadavres et de ce chœur assourdissant de morts se produisit alors que j'avais presque atteint le sommet de l'escalier, m'obligeant à observer prudemment ce qui se passait au-dessous de moi. Les monstres saluaient quelque chose qui émergeait de l'ouverture nauséabonde pour saisir les offrandes infernales qui lui avaient été servies. C'était une masse assez lourde, jaunâtre et velue agitée d'une espèce de tremblement nerveux. Elle était presque aussi grande qu'un hippopotame, et d'une curieuse forme. Elle n'avait pas de cou, mais cinq têtes séparées émergeant d'un tronc grossièrement cylindrique ; la première et la cinquième étaient très petites, la seconde moyenne, la troisième et la quatrième étaient les plus grosses. De ces têtes émanaient de curieux tentacules rigides qui saisirent avidement les grandes quantités de nourriture innommable placées devant l'ouverture. De temps en temps, la chose effectuait un bond et retournait dans son antre d'une bizarre façon. Son mode de locomotion était si inexplicable que je la fixai avec fascination, souhaitant la voir émerger davantage de cette caverne située sous moi. C'est alors qu'elle sortit, et, à sa vue, je me détournai et grimpai à toute vitesse, dans l'obscurité, l'escalier qui se trouvait derrière moi. J'escaladai presque sans les voir des marches incroyables, des échelles et des plans inclinés vers lesquels ne me guidait aucune logique ni aucun sens humain, et que je dois reléguer à jamais dans le monde des rêves, par manque de preuves. Ce doit avoir été un rêve, car sinon l'aube ne m'aurait jamais trouvé en train de respirer sur le sable de Gizeh, au pied de la figure au sourire sardonique, éclairé par l'aurore, du Grand Sphinx. Le Grand Sphinx ! Dieu ! Cette question qui m'était venue le matin précédent... Quelle énorme et horrible anomalie devait représenter le Sphinx à l'origine ? Maudite soit la vue, que ce soit en rêve ou non, qui m'a révélé la suprême horreur : le dieu inconnu des morts qui se délecte, dans un abîme insoupçonné, d'une nourriture immonde et colossale offerte par des absurdités sans âme, qui ne devraient pas exister. Le monstre à cinq têtes... Le monstre à cinq têtes aussi grand qu'un hippopotame... Le monstre à cinq têtes et qui n'a qu'un tronc... Mais j'ai survécu, et je sais que c'était seulement un rêve.

DANS LA MÊME COLLECTION

Alphonse Allais
L'affaire Blaireau
A l'œil

Richard Bach
Jonathan Livingston le goéland

Honoré de Balzac
Le colonel Chabert

Charles Baudelaire
Les Fleurs du Mal

René Belletto
Le temps mort
- L' homme de main
- La vie rêvée

Pierre Benoit
Le soleil de minuit

Bernardin de Saint-Pierre
Paul et Virginie

André Beucler
Gueule d'amour

Ray Bradbury
Celui qui attend

Francis Carco
Rien qu'une femme*

Jacques Cazotte
Le diable amoureux

Jean-Pierre Chabrol
Contes à mi-voix
- La soupe de la mamée
- La rencontre de Clotilde

Andrée Chedid
Le sixième jour

Bernard Clavel
Tiennot

Jean Cocteau
Orphée*

Colette
Le blé en herbe
La fin de Chéri
L'entrave

Corneille
Le Cid

Alphonse Daudet
Lettres de mon moulin

Denis Diderot
Le neveu de Rameau

Philippe Djian
Crocodiles

Arthur Conan Doyle
Sherlock Holmes
- La bande mouchetée
- Le rituel des Musgrave
- La cycliste solitaire
- Une étude en rouge

Alexandre Dumas
La femme au collier de velours

Gustave Flaubert
Trois contes

Victor Hugo
Le dernier jour d'un condamné

Franz Kafka
La métamorphose

Stephen King
Le singe
La ballade de la balle élastique

Madame de La Fayette
La Princesse de Clèves

Longus
Daphnis et Chloé

Howard P. Lovecraft
Les Autres Dieux

Pierre Louÿs
La Femme et le Pantin

Arthur Machen
Le grand dieu Pan

Guy de Maupassant
Le Horla
Boule de Suif
Une partie de campagne
La maison Tellier

Prosper Mérimée
Carmen

Molière
Dom Juan

Alfred de Musset
Les caprices de Marianne

Gérard de Nerval
Aurélia

Ovide
L'art d'aimer

Charles Perrault
Contes de ma mère l'Oye

Platon
Le banquet*

Edgar Allan Poe
Double assassinat dans la rue Morgue

Alexandre Pouchkine
La fille du capitaine
La dame de pique*

Ellery Queen
Le char de Phaéton

Raymond Radiguet
Le diable au corps

Jean Ray
Harry Dickson
- Le châtiment des Foyle
- Les étoiles de la mort
- Le fauteuil 27*

Jules Renard
Poil de Carotte

Arthur Rimbaud
Le bateau ivre

George Sand
La mare au diable*

Erich Segal
Love Story

William Shakespeare
Roméo et Juliette
Hamlet

Sophocle
Œdipe roi

Ivan Tourgueniev
Premier amour

Henri Troyat
La neige en deuil
Le geste d'Eve
La pierre, la feuille et les ciseaux

Albert t'Serstevens
L'or du Cristobal

Robert Louis Stevenson
Olalla des Montagnes*

Paul Verlaine
Poèmes saturniens
suivi des Fêtes galantes

Jules Verne
Les cinq cents millions de la Bégum
Les forceurs de blocus

Voltaire
Candide
Zadig ou la destinée*

Emile Zola
La mort d'Olivier Bécaille

** Titres à paraître*

Achevé d'imprimer en Europe
à Pössneck (Thuringe, Allemagne)
en mai 1995
pour le compte de EJL
27, rue Cassette 75006 Paris

Dépôt légal mai 1995

Diffusion France et étranger
Flammarion